建议与箴言
COUNSELS AND MAXIMS

[德] 叔本华 著　汤笑梅 译

海南出版社
·海口·

图书在版编目（CIP）数据

建议与箴言 /（德）叔本华著；汤笑梅译. -- 海口：海南出版社，2025.5. --（未读经典）. -- ISBN 978-7-5730-2403-9

Ⅰ. B516.41

中国国家版本馆CIP数据核字第2025WB0903号

建议与箴言
JIANYI YU ZHENYAN

[德] 叔本华　著　汤笑梅　译

责任编辑：	宋佳明
执行编辑：	戴慧汝
封面设计：	typo_d
出版发行：	海南出版社
地　　址：	海南省海口市金盘开发区建设三横路2号
邮　　编：	570216
电　　话：	(0898)66822026
印　　刷：	北京雅图新世纪印刷科技有限公司
版　　次：	2025年5月第1版
印　　次：	2025年5月第1次印刷
开　　本：	880 mm × 1230 mm　　1/64
印　　张：	3.375
字　　数：	99千字
书　　号：	ISBN 978-7-5730-2403-9
定　　价：	32.00元

关注未读好书

客服咨询

本书若有质量问题，请致电（010）52435752

未经许可，不得以任何方式复制或抄袭本书部分或全部内容
版权所有，侵权必究

目录

前言 1

第一章 **总则** 3
第二章 **我们同自己的关系** 23
第三章 **我们同他人的关系** 93
第四章 **世俗的财富** 145
第五章 **人生的各个阶段** 167

前言

如果我写这本书的目的是要提出一个完整的方案，其中涵盖指导生活的建议与箴言，那么我应当，也不得不反复说明诸多原则——其中一些很经典，曾经由不同时代的思想家提出，从忒俄格尼斯和所罗门王[1]到拉罗什富科；并且，在这样做的同时，不可避免的是，读者会在书中无奈地看到非常多的常识，这些已经是老生常谈了。但是，事实上，我在本书中提出的问题，是为了彻底探讨我选择的主题，何况比起我其他的著作，这些问题还算少的了。

一个作者如果对完整性没有要求，那么在很大程度上他不得不放弃任何尝试，系统性地安排写作的内容。读者一想到这部分的双重损失，就会安慰自

---

[1] 我指的是《旧约》里一个叫所罗门的国王所说的谚语和格言。（本书注释如无特殊说明，均为作者注。）

己，进而会想到完整、系统地处理这样的主题会不可避免地显得繁复，令人乏味。我把其中一些想法简单记录下来，这些想法或许值得大家交流——据我所知，这些想法还没有被表达出来，或者说，至少没有被任何人以相同形式表达出来；因而我的话可以看成是对大千世界已完成的事业的补充。

在以下篇章中，一旦我需要就很多问题给出建议，首先就要引入某种条理、顺序。我将我要谈的内容分成以下几个部分：（1）总则；（2）我们同自己的关系；（3）我们与他人的关系；（4）我们的生活方式和世俗环境的规则。关于我们在生命不同阶段会发生怎样的变化，我会用一些观点和评论来作结。

第一章

总 则

第一章 总则

1

亚里士多德在《尼各马可伦理学》[1]里不经意的一句话,我视其为生活之道的首要律条。这句话翻译过来就是:聪明人活着的目的并不是享乐,而是免于痛苦的自由。

这句话的实质揭开了快乐的否定性——事实上,快乐只是对痛苦的否定,而痛苦其实是生命中积极的要素。虽然我已经在我的主要著作里详尽证明过这个命题[2],这里我想再补充一个例证,它取自日常中的一个事件。假设我们身体处于良好、健康的状态,就是有一块地方特别疼:这个痛处完全分散了我们

---

[1]《尼各马可伦理学》第七卷,第十二章。
[2]《作为意志和表象的世界》(第四版,下同)第一卷,第58页。

的注意力,让我们总体上失去了幸福感,把我们生活中的所有舒适感都毁了。同样,当我们什么都如愿以偿了,只有一件事不合心意,那么令我们挫败的这件事会总让我们心烦,即使它可能非常琐碎。我们会总想着这件事而忽略了其他,也不怎么去想我们做成了的更重要的事情了。在这两个例子里面,我们的意志都受到了伤害。前者,意志客体化在人的机体里;后者,意志则客体化在人的渴求、愿望当中。在上述两种情况中,我们都可看到只有意志未受伤害时,意志的满足才存在。所以意志只是对伤害的否定。因此,这种满足感不是直接感受到的;我们顶多能在我们反思自己的状况时意识到它。但是,能审视并捕捉到意志的东西是积极正面的,它会自己出现,所有快乐都只是因为抹杀了它才存在——换言之,就是免去了我们去审视、去捕捉意志的麻烦;而且这样说来,快乐的确不可能长久。

开头所引述的亚里士多德的绝妙原则,正是基于这个道理,它鞭策我们追求自己的目标,尽可能避

第一章 总则

开生活中无数的不愉快,而非守着那一丁点儿舒适和快乐。如果这堂课讲得还不够好,那么伏尔泰所说的"幸福只是个梦,但痛苦却是真实的"似乎也是错的,但他说的恰恰是事实。假如一个人想编一本关于他一生的书,当他去找幸福的平衡点时,会在本子上记下的肯定不是他享了多少快乐,而是他避开了多少痛苦,这就是幸福学的真正方法。所有幸福学的第一要义,都是要认识到这个称呼其实是个委婉的说法,"快乐地活着"本意是"不那么不快地活着"——凑合着过。毫无疑问,生活不是用来享受的,而是让我们去克服困难——去挨过它。这一点,从各种语言的表达中都能看得出来,例如:拉丁语中的 degere vitam, vita defungi(得过且过,克服生活);意大利语中的 si scampa cosi(熬过这些日子);德语中的 man muss suchen durchzukommen(尽可能过生活)和 er Welt schon durch die Welt kommen(混混日子),等等。人到晚年,终于能把生活的重担抛在身后,确实也是一种安慰。因此,最有福的事情并不是找刺激、找快感，而是活了一辈子没遭什么罪，无论是身体上还是精神上的。根据享乐多少来衡量一辈子的幸福是错误的标准。因为快感永远是否定性质的。快感能铸造幸福，这是一种错觉，爱嫉妒的人就有这样的错觉，而他们只会自食其果。相比之下，我们感受到的痛苦是肯定的，因此痛苦是否缺席才是衡量幸福与否的真正标准。如果能够达到一种"既不痛苦，又不无聊"的状态，那我们就确实得到了尘世的幸福，其他一切都是浮云。

因此可以得出结论：我们不该以痛苦为代价去换取快乐，甚至不该冒着招致痛苦的风险去寻欢作乐；否则，我们就会为了那些消极的、虚幻的东西而丢失积极的、实在的东西；但如果我们牺牲欢娱以避免痛苦，那么我们肯定会收获净利。在这两种情况下，究竟是苦尽甘来还是甘后苦至，并没有什么区别。若企图把痛苦的人生打造成快乐的伊甸园，那就违背了自然规律。人们追求享受和娱乐，而非去尽最大可能摆脱痛苦——但还是有那么多人执迷不悟！

相反，有人悲观地看待世事，把世界看成某种地狱，并为此处心积虑地在世上打造一个小小的空间，使自己免受地狱之火的侵袭，这是一种明智的处世之道。愚蠢的人在生活中寻欢作乐，到头来发现自己被骗；而智慧的人仅仅是避免了生活中不愉快之事。即便智者千虑，最终陷入不幸之沼，那也是命运的错，而非他自己愚蠢。只要努力没有白费，就不能说他过着虚幻的生活，因为他避开的不愉快是真实的。即使他为了避开不愉快而走得太远、不计后果，无谓地牺牲了快乐，他的状况实际上也不会变得更糟，因为所有的快乐都是虚幻的。由于错失享乐而哀叹忧伤，这是徒劳的，甚至是荒唐可笑的。

对这一真理缺乏认识（往往源于盲目乐观）是众多不幸的根源。没有痛苦的时候，我们不安分的欲望就像镜子般映照出幻想，这些幻想净是现实中不存在的快乐，引诱我们盲从；这样我们就是自讨苦吃，这些痛苦毫无疑问是真实的。那时，我们一想到自己失去了没有痛苦的状态便会悔恨交加，那是我们孤注一掷后输掉的乐园，我们不再拥有，悔不当初。

你可以认为这些欲望得到满足的幻象都是某个**魔鬼**的行为，他会引诱我们舍弃没有痛苦的状态，然而那才是我们真正的幸福。

缺乏思考的年轻人以为这个世界就是为了使人们享乐而设计的，好像这个世界是幸福的乐园，好像幸福是实在、肯定的，那些无法得到幸福的人只是不够聪明，不能战胜妨碍他们的困难。年轻人读诗歌和爱情小说时，加深了这个错误观念，被这表面的作秀所迷惑——这种虚伪也是这个世界的特点，从头到尾都是，这一点我很快会来讨论。认定这一观点之后，他一生都在刻意追求肯定的幸福，而将这种幸福等价于无尽的恣意享乐。在追求这些快乐的过程中，他会遇到很多危险——我们不该忘记这一点。他所追逐的猎物，也就是那些快乐，都是不存在的东西，所以他只会落得彻彻底底的不幸下场——痛苦、心烦、疾病、损失、忧虑、贫穷、耻辱等苦难。

当他恍然大悟，发现这一切都是在捉弄他时，为时已晚。

但如果人们认识到了我前面提到的原则，制订生活计划来避免痛苦——换言之，采取措施提防所有形式的欲望、疾病和痛苦，集中精力完成一个真实的目标，避免被追求肯定的幸福的幻象所干扰，那么你就会获得相称的收益。我所表达的这一观点与歌德的《亲和力》中米特勒的话不谋而合。米特勒总是企图让人们快乐，他说："如果一个人想摆脱某件不愉快的事，那么他的目标是确定的，但若一个人总是不满足于已有的财富，那么他的盲从是愚蠢的。"有句法国谚语也包含着这一真理：至善者，善之敌——好就足够了，不必追求更好。并且，就像我在我的主要著作里所说的那样[1]，这是犬儒主义者哲学体系里的主导思想。若不是因为痛苦多少和快乐纠缠在一起，犬儒主义者为什么全盘否定快乐？对他们来说，

---

1 《作为意志和表象的世界》第二卷，第16页。

避免痛苦比守住快乐容易得多。他们深刻地认识到，快乐的本质是否定的，而痛苦的本质是肯定的，因此始终全力避免痛苦。他们认为，为了这个目标，首先要有意识地彻底摒弃快乐，因为快乐像一个使人痛苦的陷阱，专门把踏入者死死困住。

当然，就像席勒所说，我们都出生在世外桃源。换言之，我们来到这个世界，满怀对幸福快乐的希冀，而且沉溺于实现它们的希望当中。不过，一般而言，命运很快就会给我们上一课，以猝不及防的粗暴手段教训我们，让我们明白，我们并不曾拥有什么，是命运掌控世间的一切，因为命运不仅对我们拥有的、得到的，我们的老婆、孩子都有与生俱来的权利，甚至连我们的手、脚、胳膊、腿、眼睛、耳朵，还有脸中间的鼻子也归命运所有。而且，无论如何，用不了多久，我们就会从经验中学到：一方面，幸福和快乐只是海市蜃楼，只可远观，一旦走近便消失得无影无踪；另一方面，忍受和痛苦则是真实的，它会让我们直接感受其存在，不需要幻想和虚假的期待。

第一章 总则

如果经验传授给我们的教义在内心萌芽，我们很快便会放弃追逐幸福和享乐，更多地考虑如何保护自己免受疼痛、苦难的侵害。这样看来，一种免于痛苦的存在——一种安定和平、还过得去的生活，已经是我们仅能这个世界提供的最佳方案了。我们把自己对生活的要求限制于此，因为我们更有希望实现这一目标。要想避免过得太悲惨，最保险的方法就是不要期望过得太快活。歌德青年时期的朋友默克就认识到了这一真理，他写道："人们要求过上幸福生活（多少得如他们所愿）的那副嘴脸毁了这世上的一切。谁要是摆脱了这个要求，除了眼前一切别无他求，他才会有所进步。"因此，无论是对享乐还是财产，地位或是荣誉，适度地限制我们的期待才是明智之举；正是由于人们奋不顾身地想要得到快乐，想光芒万丈，想过一种充满快乐的生活，这才带来了巨大的不幸。要我说，少提要求是谨慎而明智的，仅仅因为人们很容易落入不幸。相比之下，非常快活不是很难，而是根本不可能，就像传播生活智慧的诗人如

建议与箴言

此公正地吟咏：

> 中庸为贵。
> 人的居所既要免于陋室的肮脏，
> 也不要成为众矢之的，让人心生嫉妒。
> 树大招风，自古如此，
> 被雷劈的高山往往在巅峰，
> 高塔崩塌的声音如此沉重。

一个人如果能认真汲取我的哲学精义——他就会因此深知我们的整个存在就是多余，否认或拒绝这种多余是人生的智慧——他就不会对生命中的任何事、任何处境抱有过多期待：他不会热烈地追求这世上的任何事，也不会因为事业上的不顺而懊悔莫及。他就能体会到柏拉图所说的深刻哲理[1]："俗事没什么值得我们操心的。"抑或像一位波斯诗人说的：

---

1 《理想国》第十卷，604 行。

第一章　总则

> 如果你失去一个世界，
> 不要为此悲伤，
> 因为这是微不足道的；
> 如果得到一个世界，
> 不要为此高兴，
> 因为这是微不足道的；
> 苦乐得失都会过去，
> 都会离开这个世界，
> 因为这都是微不足道的。[1]

然而，在我们理解这些有益身心的见解时，会遇到一个主要障碍，那就是我之前所提到的这个世

---

[1] 梵文原版《五卷书》(*Panchatantra*) 在 8 世纪被翻译成阿拉伯语版本的《卡里莱与笛木奈》(*Kalila wa Dimna*)，15 世纪波斯学者胡赛因·瓦伊兹·卡什菲 (Husayn Va'iz Kashifi) 基于此版本创作了一本名为《安瓦尔·索海利》(*Anvár-i Suhailí*，意即"老人星之光")的波斯语版本，成了波斯文学中非常经典的寓言集。此处节选的内容就来自这个波斯语版本第三章的第六个故事。——编者注

界的虚伪——这虚伪我们应该尽早揭示，以便让年轻人知道。世人的辉煌成就大部分都是装点门面而已，就像舞台的各个场景——黄粱一梦，并不真实。就像那些船，挂着三角旗，饰以花彩气球，船上礼炮轰鸣、张灯结彩、敲锣打鼓、吹着喇叭，人们欢呼喝彩，一片欣欣向荣——这些都只是表面功夫，都是在假装高兴，就像高兴的象形文字，只是个符号而已——这个场景中通常找不到高兴，高兴是唯一拒绝出席盛宴的来宾。他真要来的话，往往都是不请自来；他不会大肆张扬地出席，只会不客气地悄然而来；他往往会从生活中最琐碎的小事中冒出来，或是在平淡的陪伴中不期而至——总之不会在觥筹交错、逢场作戏中现身。欢乐就像澳大利亚矿山里的金子——只能偶然遇到，这完全是随机的，摸不着规律；往往只能拾到小颗粒，很少有大块的。上面所说的表面功夫只是骗人们相信欢乐真的来了；而制造这种假欢乐的印象，实际上，就是做表面功夫的目的。

哀悼也是如此。长长的送葬队伍缓慢地前行，看上去多么忧郁！一排排马车似乎无穷无尽，但仔细一看——它们全是空的；全城的马车夫是送死者入墓的唯一随行者。这是对世人友情和尊敬的生动写照！这就是人世间的虚假、空洞和伪善！

再举一例：一座别墅里宾客盈门，锦衣玉食。你快要误认为这就是雅人深致了；然而，事实上，真正的来客是被迫、痛苦和厌倦。宾客云集之处，往往人杂鄙俗——别看他们都佩戴好多勋章。真正高质量的社交圈必定是小圈子。盛大的节日或是嘈杂的聚会本质上存在着普遍的空洞。总是有一种不和谐的基调：因为这样隆重欢跃的集会与我们的存在的悲惨和荒芜相比，实在显得奇怪。这一反差凸显了真实的情况。尽管如此，表面上看，这些聚会能给人带来深刻印象，而且这也是聚会的目的所在。尚福尔[1]说

---

[1] 尼古拉斯·尚福尔（1740—1794），法国多面手作家，善用机敏对话、讽刺和警句相结合，加之他非凡的事业成就，被誉为那个年代最风趣、卓越的才子之一。叔本华受其影响很大，他经常引用这位作家的句子。——编者注

得妙，所谓的社交——社交圈、聚会沙龙，抑或是我们所谓的上流社会——就像一出悲惨的戏，一台拙劣的歌剧，内在了无生趣，只是借着钢架、服装和布景暂且维系着。

学术界和哲学教职也是如此，个个都挂着招牌，昭告天下——这就是智慧的居所，但智慧也如同欢乐一样，都拒绝了这冠冕堂皇的邀请，而投身别处。教堂的钟声、神职人员的帽子、虔诚的态度、疯狂滑稽的作秀——都是装模作样，都是在假装虔诚。这种例子不胜枚举。世界上的一切都仿佛一个空心的坚果；果仁稀少，即使有，也很难在这空壳子里找到。不如去别的地方找找，一般来说，能找到的话也纯属偶然。

2

衡量一个人的幸福感，不是看令他高兴的事，而是要看令他烦恼的事；烦恼的事越琐碎、越微不足道，他就越幸福。一个人若是被琐事惹恼，说明他过得不错；因为处境不幸时，人是感觉不到琐事烦忧的。

3

当心，不要把生活的幸福感建立在广阔的根基上——不必为了幸福奢求太多。因为在如此广阔根基上建立的幸福往往最容易崩塌；很多意外会乘虚而入；天灾人祸常常有。一般建筑都是地基越广阔越安全，而幸福之塔恰恰相反。于是，考虑我们的条件，尽量降低对生活的要求最保险，最不容易落入巨大的不幸当中。

最普遍、最愚蠢的行为，就是画蛇添足地提前做很多准备——无论以什么样的方式。多此一举无非是预设自己能活得很久——但最后，有几个人能一身五世？即使长寿了，计划赶不上变化，实现这些计划遥遥无期，它们最终也显得无足轻重了。要去实现这些计划，其过程往往荆棘重重，步履维艰！实现所谓的目标犹如海底捞针！

而且，就算我们应该实现目标，我们没考虑到时间的改变：我们忘了自己并不能一直保持着做事的能力和享受的能力。所以说，我们常常为了得到某些东西而辛苦劳作，一旦得到了又觉得不合乎心意；同样，我们长年累月为一件事做准备，这无意间夺走了我们做这件事的能力。

君不见多少人在成功路上披荆斩棘、如履薄冰攫取了财富，却无福享用，劳动成果都白白留给别人；要么就是处心积虑爬上高位却又无法胜任。前者是劳而无功，后者则是措手不及。比如说，一个人想在艺术或文学上有所成就：主流品味已经变了，或将要改变；新一代人长大了，对他的作品不感兴趣了；其他人走了捷径，赶在了他前面。贺拉斯在他的时代肯定目睹过很多这样的事例，所以他才觉得悲哀，觉得多少忠告都是徒劳："何苦损耗你的灵魂，让它承受百世之利？"[1]造成这些最常见的愚蠢行为

---

[1] 《颂歌集》第二部，第十一首。

的原因，莫过于人皆有之的视错觉，一开始就把人生看得很长很久，末了回首往事，却发现时间如白驹过隙！不过这种错觉也有好处，没有它，很难成就伟业。

总之，我们的一生就如同一趟旅途，前进时，眼前的风景就会与先前不同，快要达成愿望时，风景又变了。我们找到的东西常常不是我们寻找的，而且往往会超出预期；有时，我们苦苦寻觅的东西往往出现在另一条道路上。我们本想找到快乐、幸福、欢喜，但在这过程中，我们实际得到的是阅历、见解和真知——塞翁失马，焉知非福！

这种思想贯穿了《威廉·迈斯特》全书，就像乐曲中的低音一样至关重要。在歌德的这部书中出现了智慧的角色，这点比其他作家都高明，即便是沃尔特·司各特也一样，后者作品中的人物在道德上分了好坏；或者说，别的作家只是从意志一面来剖析人性。同样，《魔笛》这部怪诞难解的作品也空前绝后——它也使用象征手法表达了同样的思想，只是用了更粗犷的线条布景。如果结尾改成塔米诺想要占有帕米娜的妄想得以纠正，并代替她进入智慧殿堂探索其中的奥秘，这一思想就能表达完整了。塔米诺的死对头帕帕盖诺也应该得到他的帕帕盖娜。

贤者很快会明白定数难逃，便会安分守命。他们明白，在这世上，道理可以发现，幸福却不能；所以他们便习惯不寄希望，而是为得到教训而心满意足；到了最后，他们可以说只在乎求知，就像彼特拉克所言——"求知以外，别无他求"。

甚至可能会出现这样的情形，他们多多少少还会遵循原先的愿望和目标，只是三天打鱼，两天晒网，做做样子；但始终只是寻求大彻大悟；这个过程让他们有了一种天才的气场，获得了某种沉思与崇高的特质。

炼金术士本来只想炼金，却偶然发明了其他东西——火药、陶瓷、药品以及自然规律。在某种意义上讲，我们都是炼金术士。

第二章

我们同自己的关系

4

一个受雇盖房子的泥瓦工可能会对总体设计全然不知;至少,他不会把宏伟蓝图时刻挂在心上。一个人的生命也是如此:点点滴滴的努力中,一个人很少回顾他整个生命的使命和意义。

如果一个人的事业功过影响很大,或是他竭力争取肩负某种特殊使命,他就很有必要时不时关注一下这事业或使命的蓝图,或者说整个计划的微缩草图。当然,在此之前,他肯定已经践行了此格言(希腊格言:认识你自己!),肯定在认识自己这点上有了些成果。他必须了解他人生的首要目标,自己最真实的愿望——为了让自己幸福,他最需要什么;其次才是他想要什么;总之,他必须弄清楚他的使命是什么，他必须扮演什么角色，他和这个世界的大致关系如何。如果他已为自己规划好重要使命的蓝图，他不需其他激励，只要瞥一眼蓝图就会动力满满，也不会走弯路。

  同样，就像旅行登高之人，到达了某个高度，回头看看走过的路，才知道那些蜿蜒曲折都是有联系的，所以，只有当我们完整地走过了人生的某个阶段，或接近了某个阶段的末尾，我们才会意识到自己所有行为之间的联系——不走到最后，我们不会知道自己得到了什么教训，取得了什么成就。只有那时，我们才能看清因果关系，才能知道我们努力的真实价值。这是因为，只要我们还在疲于奔命，我们的行为总会符合我们性格的本质，受动机和能力的制约——总之，生命从头到尾都存在着某种必然性；每时每刻，我们都只是在做自以为正确、恰当的事。只有当回顾整个生命历程和最终结果时，我们才能明白一切都是有原因的。

  因此，当我们真正在做某项伟大事业或创作某部不朽作品时，我们不会意识到这一点。我们只会一心想着完成眼前的目标，满足眼前的心愿，做当下觉得对的事。只有当我们开始把生命看作一个连贯的整体时，我们的性格和能力才真正显现出来；到那时我们才明白，在特定的事件中，某种灵感是如何引领我们披荆斩棘走向正轨的。指引我们的是自己的天赋，不管是在智力上还是其他方面的天赋；就像我们要驱邪避灾一样，我们得扬长避短。

5

人生智慧的另一个要点，就是要权衡对当下和未来的投入，以免顾此失彼。很多人沉迷于当下——我是说那些轻浮的人；别的人呢，殚精竭虑，杞人忧天。很少有人能把握好这个度，不走极端。那些努力奋斗，抱有希望，只活在未来的人，目光总是放得太远，总是期待得到能让他们高兴之物，于是他们就像热锅上的蚂蚁一样烦躁、不耐烦。他们看起来很精明，但其实就跟意大利的驴子一样。驴子头上绑着一根棍儿，末端吊着一捆干草，它们以为干草唾手可得，于是甩着蹄子去追；干草总在它们眼前晃悠，于是它们不停地追。这种人一辈子都处在幻觉中，就像驴子一直伸长脖子努力够干草，却怎么也够不到，还誓不罢休。

因此，我们不应该总是忙于计划、担心未来，或是沉湎于对过去的懊悔。我们永远不要忘记，当下才是唯一的现实、唯一确定之事；况且，未来总是和我们的设想不一样；其实过去也是，和我们以为的有所不同。不过，总体而言，过去和未来都没我们想的那么重要。过去看似遥远，但如果我们太放在心上，则会被放得很大。只有当下才是真实存在的，只有当下的时间填满了全部现实，我们的存在仅仅在当下。因此我们应该庆幸，拥抱现在，充分意识到现在的价值，过好每一段还过得去的时光，不去自寻烦恼。如果我们对过去的期待耿耿于怀，或因为担心未来颦蹙，我们就无法活在当下。没有比拒绝当下的幸福更愚蠢的行为了,如果因为苦恼过往或是担心未来而恣意破坏了当下的幸福,那就得不偿失了。当然,适时地为未来做打算或是懊悔过去,这也没什么不对;但懊悔之后,我们应该认清过去的事已然无法改变,我们该向过去道别,而且必须调整心态:

> 无论过去如何悲痛,
> 我们必须懂得放手,
> 或许很难做到这点,
> 我们必须调伏其心。[1]

对于未来,我们无法掌控,那是上帝的工作:

> 它们在神灵的怀抱中。[2]

---

[1] 《伊利亚特》,第十九章。
[2] 《伊利亚特》,第十七章。

但是对于当下，不如牢记塞涅卡的忠告，把每一天当作一生来度过："尽量把今天打造成愉快的时光，因为这是我们拥有的唯一真实的时间。"只有那些准时到来的灾祸才有权利搅扰我们，而这种灾祸少之又少。灾祸一般只分为两种：要么可能发生，要么不可避免。即使灾祸一定会来临，我们也不会知道它们来临的时间。一个人如果总是未焚徙薪，他就不会有一刻安生。因此，没必要因为害怕灾祸就如坐针毡，因为有些灾祸还不确定会不会发生，其他的则是不确定什么时候会发生。为了心灵的宁静，我们应该摆正心态：前者永远不会发生，后者不会很快发生。

而今，恐惧越是少搅扰内心的安宁，我们就越容易因为欲望和期待而骚动。歌德的那首脍炙人口的诗歌也是表达此意："我把无当成事业的基础。"只有在一个人抛却了所有自负，向纯粹的、毫无修饰的存在寻求庇护时，他才能达到内心的平静，那才是人类幸福的根基。内心的平静才是享受当下的必要条件，除非人生的每个时刻都在高兴，否则称不上是一生幸福。我们应该时刻提醒自己，今天只有一次，它永不再来。我们总以为还有明天，但明天是另一天，它也只来一次。我们总是忘记每天都是一个完整的周期，是生命中不可替代的组成部分；我们总觉得生命像一个集体观念或集体名称，少了一天两天也无所谓，不影响整体。

在那些好日子里，也就是我们身体健康、状态良好的日子里，我们会更珍惜、享受当下，因为我们没有忘记疾病缠身、悲伤痛苦的日子。在那些痛苦的日子里，我们觊觎着记忆里每个没有痛苦和贫困的时刻——那些没有痛苦的日子，就像失落的天堂，就像遭到冷落的朋友。但是我们享受好日子的当下，根本没有意识到它好在何处；只有当灾祸降临时，我们才想起来那些好日子，期望它们赶快回来。无数的好日子都浪费在发脾气、不满足上；好日子来的时候，我们不享受，任其溜走，而坏日子来的时候，我们才知道悲叹。还算过得去的当下，即使看起来单调、重复——要么浑浑噩噩地过去,要么就是被我们不耐烦地一脚踢开——这些时刻恰恰是我们应该尊重和重视的;永远不要忘记当下正在变成过去,潮水退去后,记忆会将这些过往理想化,它们的不朽光芒正在闪耀着——之后的某个时刻,当坏日子来临,记忆拉开帷幕,往事历历在目,我们会懊悔自己没有珍惜。

6

限制有助于幸福。我们的视野范围、工作领域、接触世界的圈子越窄,我们就越会受限制。如果这个范围很大,我们更容易感到担心焦虑;因为那意味着我们在意的更多了,渴望和害怕也更多了。盲人可能并没有我们想象中那么不幸福;否则他们脸上的表情也不会那么温柔、平静。

限制有助于幸福的另一个原因是,人生的下半场会比上半场更枯燥乏味。时间流逝,很多年过去,我们的目标越来越远大,我们和世界的联系越来越深入。童年时,我们的视野仅限于眼前的一亩三分地;少年时,我们开始见多识广;成年后,我们的目光包罗万象,伸展到广阔的范围——比方说关心一州或一国的命运;等到迟暮之年,我们甚至开始关心起子孙后代。

即便是在智力活动上,限制也有助于幸福。因为意志受到的刺激越少,我们受的痛苦就越少。我们已然知晓,痛苦是肯定的,而幸福只是一种否定的状态。限制外界活动范围就会减少外界对意志的刺激;而限制我们智力活动的范围,则会减少内心对意志的刺激。限制后者会引发一个弊端,那就是为无聊敞开大门,这是无数痛苦的直接来源;为了消除无聊,一个人会诉诸任何能获得的方法——放荡、社交、奢侈、赌博、酗酒等,结果只会招致破坏、毁灭和不幸。"无所事事,心浮气躁",如果你无事可做,就很难保持宁静。对于人类的幸福来说,限制外界活动范围是有益的,甚至说是必要的。这点可以在唯一描绘人类幸福的田园诗歌里看出，因为以田园诗歌的传统表现手法，这些人都在一个不对外开放的、类似世外桃源的地方过着简朴的生活。在这种所谓的风俗画里，我们也能把握到一种感觉，那就是幸福的本质。

简朴就是幸福的本质。简朴有助于我们实现幸福。假设我们能过这样的，甚至有些单调的生活，都不能说我们无聊；我们误以为简朴等于无聊，是因为这种情况下我们感受不到生活以及随之必然存在的负担。这时，我们的存在就如同沿着一条没有波澜的小溪，顺流而下。

7

我们是快乐还是痛苦，最终取决于触及我们意识层面的东西。在这方面，对有能力的人而言，纯粹的脑力劳动会比其他生活实践产生更多迈向幸福的阻力。因为脑力劳动意味着成功与失败频繁交替出现，它产生的冲击和折磨会造成极大刺激，导致心态大起大落。但是不得不承认，从事纯粹的脑力劳动需要超乎常人的智力水平。在这一点上，值得注意的是，忙于外界活动会令人分心，偏离他所从事的研究，也会让他丧失注意力，使其无法专注于脑力劳动；所以，长时间集中精力的脑力劳动也多少会让一个人不适应现实生活的嘈杂。因此我的建议是，假如现实生活发生一些状况，需要我们用一些精力去处理，最好适时搁置脑力劳动。

8

要想过一种谨慎、精明的生活，要想汲取生活中的全部教训，我们必须不断反思过去，总结我们的所作所为、我们的主观见解和感受，把我们过去的判断和现在的判断作比较，把我们制定好的目标、努力要实现的野心和我们实际达到的结果、获得的满意度作对比。这是一门关于人生经验的私教课程——

建议与箴言

人人都有机会上课,我们要把握机会,温故知新。

  我们可以把生活的经验看成一种文本,而反省和知识是这文本的注脚。如果反省和知识过多,而经验太少,就会导致这些书的每页只有两行正文,而注脚长达四十行。有了大量经验而不去反思,没有任何认识,那样的人生阅历会如同双桥版经典[1],没有任何注解,不知所云。

  上述建议符合毕达哥拉斯所推崇的原则——每天睡觉前,我们应该审视这一天的所作所为。胡乱地生活,沉溺于俗事和享乐的喧嚣,对过去不加反省——没有约束、随心所欲地生活——只会不清楚自己的使命所在;只会生活在情感混乱、思想困惑的状态;只会在唐突的态度和零散的话语中表现得像一块表面完整、实则破碎的馅饼。外界的花草越是迷人眼,人们的内心世界越浅薄,就越容易受到影响。

---

1 1779 年及以后在普法尔茨出版的一系列古希腊语、拉丁语、法语经典著作。——编者注

第二章　我们同自己的关系

在这一点上，我们适时地观察便会发现：某些事件、某些情境起初对我们产生了影响，但是终将会淹没在时间长河里，我们也无法重拾回忆。这些事件、情境在我们心中激荡起的特殊心情无法再现，但我们能回忆起由先前的事件、情境引发的行为；这些行为可以说是这些事件、情境的结果和表述，是它们的尺度。因此，对于我们人生中的重要时刻，我们应该小心地保存下来当时的想法；所以记日记就有很多好处了。

9

能够自得其乐、自给自足地生活，无欲无求，能够说出"我的拥有在我自身"，这肯定就是得到幸福的重要资格。亚里士多德有句名言——幸福就是知足[1]——值得我们玩味，这句话蕴含的思想本

---

[1] 《幸福学》第七卷，第二章。

质上与尚福尔的佳句不谋而合:"人只能依靠他自身:社交圈带来很多麻烦,而且还是无法避免的。"没有比追求花天酒地、骄奢淫逸的生活更愚蠢的事了:这种生活只是为了把我们悲惨的境遇变成接连不断的享乐——它只会以失败告终,失望和妄想纷至沓来;伴随这种生活的必然是人与人之间的互相欺骗。[1]

任何社交圈存在的前提就是要求其成员相互适应、相互制约。这就意味着社交圈越大,其总体基调就越乏味、无趣。一个人只有在独处时才能成为他自己;如果他不喜欢独处,那么他就不爱自由;因为只有独处的时候,他才是自由的。社交圈永远都对一个人加以限制,这无法避免。一个人的个性越强,他就越无法牺牲自己的个性去迎合社交需求。一个人可

---

[1] 我们的身体隐藏在衣服之下,我们的思想掩盖在谎言里。这层面纱总是掩盖着真实,只有透过它,我们才偶尔能看透一个人的真实想法;正如透过衣服,我们才能看到一个人的大致体形。

能喜欢独处，也可能只是忍受独处，甚至尽量避免独处，这取决于此人的个人价值的大小——独处的时候，可怜之人只会感受到他自身的可怜，觉得是一种很重的负担；而伟大的思想家会感受到自身思想上的丰富，因而喜悦。一言以蔽之：当一个人独处时，他真实的一面会显露出来。

而且，一个人越是站在金字塔尖，他就越无可避免地感到孤独。要是周遭的人和事不去搅扰他，那对他来说真是恩惠了，因为如果他不得不去和很多非同类的人来往，他们就会对他产生不好的影响，扰乱他内心的宁静，夺走他的自我，并且不会给他带来任何好处。

然而，尽管自然会根据道德品质和天赋智力把人分成三六九等，但社会偏偏对这点视而不见，不加区分；更糟糕的是，为了某些人的便利，社会制造了一些人为分类——社会地位和等级的三六九等，这和自然创造的分类经常背道而驰。这导致社会提拔了一些道德败坏、智力低下的人，真正有才华有德行的人却失意不得志。有才之人干脆离群索居，而庸人一旦多了，鄙俗就会统治崇高。

令伟大的人感到不悦的是社交圈里人人享有平等的权利，这让大家都很骄傲，都很惬意；但是与此同时，能力参差不齐，意味着社会权利相应地不平等。所谓的美好社会承认每个人的言论，却不允许有识之士发声，说那都是违禁的文章；美好社会期待每个人都表现出无限的耐心，不管言论多么愚蠢、变态、无聊；同时，在这种社交圈里，个人功绩不能显露出来，要是表现出来一丁点儿自我，那就得求大家原谅。智力上的优越一旦存在，就会冒犯到那些平庸的人，虽然这些智者本无此意。

所谓的美好社会最糟之处在于——这里只有一些我们既不欣赏也不喜欢的人与我们做伴，而且我们也不能做自己；为了表面的和谐，美好社会强迫我们不显露自我，让我们萎缩，甚至彻底改变形状。有思想的对话，不管是严肃的还是诙谐的，只适合智者的社交圈子；普通人十分憎恶有思想的对话，要想取悦于他们，这些对话得平庸无聊才行。这需要很大程度的自我否定，为了迎合别人，我们得放弃四分之三的自我，这样才能变得像其他人。以牺牲自我为代价，我们赢得了别人的陪伴；但是当一个人越富有，他就越会发现他得到的无法弥补他失去的，这实在是赔本买卖，得不偿失；那些陪伴他的庸人净是破产的：和庸人为伴，要么得到的只是无聊、烦扰、不悦，要么就是因和庸人不同而导致的自我否定。绝大部分社交都是如此，所以智者当离群索居，以免造成精神上的损失。

智力、思想上的优越本就少见，即使被发现也不受待见。不仅如此，社会会反复无常地用一种错误的优越代替真正的优越——真正的优越是智力、思想上的，正是所谓的分级的传统，这传统基于的原则往往是随机的、任意的——看起来这传统也是掌控在上流社会中，就像一个通行密码，可以随意更换，我说的就是所谓的时髦。只要这种人为定义的优越和真正的优越发生冲突，前者的弱点就会暴露无遗。而且,和谐基调的在场意味着真正智慧的缺席。

每个人只能和他自己达成最完美的和谐——与朋友、伴侣都达不到这样的境界,个性和脾气的差别总是能带来某种程度的不和谐,即便程度轻微,也是不和谐。世界能给一个人最好的祝福,除了健康就莫过于内心深处真正的宁静、灵魂彻底的和谐。而这种宁静与和谐只能通过独处得到,要想长期保持这种状态,我们必须深居简出;与此同时,要保持内在的丰富,这样一来,这种独处的生活,便是这个悲惨的世界里最快乐的生活方式。

我们坦白说吧,无论友谊多么深厚,爱情婚姻关系多么亲密,最终,一个人还是只能指望他自己照顾自己,除了自己,顶多能指望子女。如果你不刻意去和别人联系,无论是生意事务上的往来还是与个人的亲密关系,那就再好不过了。孤独和独处自有其弊端,这没错;这些弊端即使你不能同一时间体会到,也能看得到它们存在;但是反观社交,后者在这方面才真是暗中为害。表面上,这些社交活动令人愉快,但是一旦过去,就会让我们陷入巨大的、不可弥补的伤害和麻烦中。年轻人应该早早锻炼自己去忍受孤独,因为孤独才是内心幸福和宁静的根源。

以上可以得出结论,若一个人被迫只能依靠他自己,又能忠于自我,那么他会更加幸福;西塞罗甚至这样说:"处于这种境况的人不可能不幸福——一个人完全依靠自己,他的幸福都来源于自身,这样的人不可能不幸福。"一个人自身拥有的越多,别人对他的意义就越少。这就是自给自足的感觉!一个人的个人价值在于其自身时,他就具有自足性,这让他不会为了世俗的社交活动而做出巨大牺牲,更不会刻意去追求别人的认同而否定自我。而普通人好交际,他们会为了交际去讨好别人,表现得彬彬有礼,这些人就缺乏这种自足性——他们宁愿忍受貌合神离的交际,也不愿意独处。更有甚者,世上的人们不尊重真正有价值之物,反而推崇那些无价值的东西。因此,品质优秀、出类拔萃的人就宁愿遗世独立,这一现象也反过来证明我上面所说的话。如果一个人本身有些价值，他要做的就是降低自己对生活的要求以维系或扩大他的自由。再者，既然他必须和其族类有些关系，那么就尽量减少接触，避免走得过近。做到这些，就是人生的真正智慧了。

我说过，那些合群的、好交际的都是无法忍受孤独的人，他们无法忍受同自己交往。他们厌恶自己，因为他们思想贫乏、灵魂空洞，这使得他们去和别人来往，甚至通过去外国旅游来摆脱无聊。他们的头脑缺乏弹性，头脑里没有任何活动，所以就企图通过喝酒来活跃一下头脑。单单为了活跃头脑而去酗酒的人数不胜数！这些人总在寻求某种形式的兴奋和刺激，追求他们能承受的最大的刺激——尤其是在人群中狂欢的刺激，这些人群和他们本质上是一样的；而且如果他们没能得到这种快感，他们的头脑会被自身的重量压垮，接着就会陷入痛苦的昏沉之中。[1]这种人,可以说自己只有一小块人性的碎片,所以需要一大堆人聚集在一起,形成一大块人性——某种人类意识的东西。一个人,如果是完整意义上的人(一个优秀的个体),就代表了一个完整的概念,而不是一小块意识:单独的他,自身就是完整的。

在这种意义上,普通社群就恰似俄罗斯号角吹

---

[1] 大家都知道,众人一起承受苦难时,我们就更容易忍受苦难带来的痛苦。无聊就属于这一类苦难,大家聚集在一起不过是为了挨过无聊。对生命的热爱,归根结底不过是对死亡的恐惧,同理,社交的动力不在于对交际的热爱,而是对孤独的恐惧;人们追求的他人陪伴,并非多么有魅力,但他们竭力去避免的独处,他们自身意识的单调性却令人沉闷压抑。为了逃避独处,他们愿意做任何事——甚至忍受与讨厌的人做伴,忍受所有社交所必需的限制,在这种情况下,社交就成了繁重的负担。同样是忍受,如果一个人宁可忍受孤独也不愿意参与无聊的社交活动,那么他们就会习惯独处,对孤独的痛苦无动于衷,便会发现孤独也不是什么坏事,就能安心适应孤独,不再热衷追求社交了。一部分原因是,他们不再需要别人做伴了,另一部分原因,也是更本质的原因:他们也习惯独处,从独处中获益。

出的管弦乐。一个号角只能吹出一个音符；每个音符在正确的时间出现才能形成完整的音乐。这一个号角的单独声响就像大多数人的头脑一样，你可以想象这个画面。他们头脑里的思想是多么的单一！没给其他想法留有任何余地。所以人们百无聊赖也就不足为奇，你也很容易明白为什么他们热爱社交，三五成群地一起鬼混——为什么人是群居动物？因为这些无聊的人自身就单调，所以才会无法忍受孤独。愚蠢的人饱受愚蠢所带来的痛苦：愚蠢是其自身的负担。把这些单一的音符聚集在一起，你才能得到某种旋律——就像俄罗斯号角协同发声一样。

有思想的人就像一个独立的演奏家，不需要别人的帮助，只用单一的乐器演奏——比如说一架钢琴，就能奏出一段管弦乐。这种人自身就有一个小宇宙，本来需要不同乐器共同演奏的，他单手就可以演奏出来，因为他自身的意识统一、完整。就像一架钢琴不需要和其他乐器共鸣发声：他是个独奏者，独自演奏——很可能是在孤独中演奏，即便有别的乐器伴奏，他也是主奏乐器，或者说在乐团中是主唱。不过，时不时喜欢参加社交活动的人或许能从这个比喻中得到启发，或是明白一条准则，那就是某种程度上，社交活动里的人们身上缺乏的高尚品质也只能用这些人的数量来弥补了。如果一个人足够聪明，那么他有一个人陪伴就够了。但是如果这些伴你左右的人都是庸人，那么还不如人多一点，这样还不会显得他们那么鄙俗，众人拾柴火焰高——就像俄罗斯号角一齐吹响，愿你能有耐心去应付这些鄙俗的人！

我前面所提到的思想的贫乏和灵魂的荒芜，会导致另一种不幸。为了实现某种高尚或理想的目标，较优秀的人会形成一个小群体。与此同时，乌合之众会蜂拥而至，这种情况太常见了。他们就像一群蝗虫——他们进来不是为了实现什么崇高目标，而是企图摆脱无聊，这是因为他们骨子里就存在一些缺陷；他们一有机会就钻进来，像蝗虫破坏庄稼一样啃食这个小群体。他们中的一些人是偷偷溜进来的，还有一些是强行闯入的，要么毁了这个群体，要么毁了建立群体的初衷。

这只是社交冲动如何形成的观点之一。天寒地冻，人们聚集在一起取暖，这是身体上的社交；人感到无聊、孤独时，聚在一起取暖，这是精神上的社交。然而，一个人若是思想丰富，他可以温暖自己，而不需要外界的热源。我写过一篇小寓言，就是说明这一点的：你会发现到处都是这样的例子[1]。通常而言，一个人对社交的热衷程度往往和他的精神价值成反比：说某某人不爱交际，几乎等于说他是个卓尔不群的人。

---

[1] 这篇寓言出自《作为意志和表象的世界》第二卷最后一章。在一个寒冷的冬日，一群豪猪为了取暖拱到了一起；但是它们的硬刺开始刺痛彼此，无奈之下只好分散开。结果寒风袭来，它们为了取暖又挤在一起，结果又扎伤了彼此，再次分开。这样反复好多次，它们发现不如彼此保持点距离。人们对于社交的需求亦是如此，大家都是一只只豪猪，一开始为了摆脱无聊和孤独聚在一起，结果又因为对方讨厌的刺而彼此厌恶。——编者注

书名　　　　　　　　　作者

我的评分　　　　　　　阅读日期
☆ ☆ ☆ ☆ ☆

最爱金句

我的书评

UNREAD

一起制作读书笔记吧！
把「未读」变成已读

画下本书封面吧！

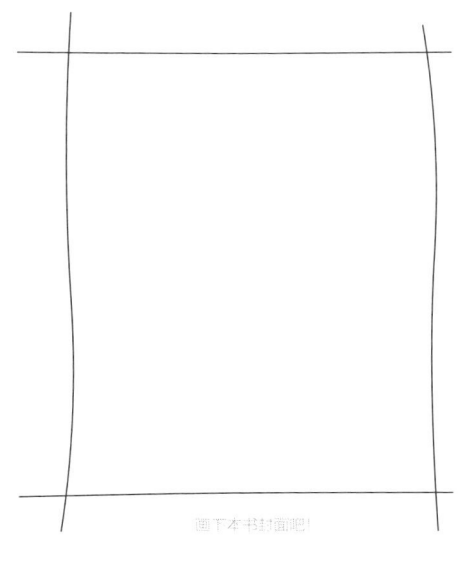

from 未读(注) → to 已读(99+)

扫码或搜索关注小红书
@未读Unread 查看活动详情

使用说明：
沿虚线裁开本卡片，即可获得1张读书笔记小卡。填写并收集本卡片，在小红书发笔记可兑换 未读独家文创。 卡片数量越多， 文创越是重磅。

(注)「未读」， 未读之书， 未经之旅。一个不甘于平庸， 富有探索与创新精神的综合文化品牌，为读者提供有趣、 实用、 涨知识的新鲜阅读。

本活动最终解释权归「未读」所有

第二章　我们同自己的关系

独处对优秀的人来说有双重好处：首先，独处让他可以和自己相处；其次，独处避免了他与别人交往的麻烦——这一点意义重大，因为世俗的那些交往会带来许多限制、烦扰甚至是危险。拉布吕耶尔说过，我们所承受的所有不幸皆因我们无法独处。爱交际真是一件风险大，甚至可以说是致命的事情，因为交际意味着和大多数人来往，而绝大部分人不是道德败坏，就是无聊、堕落的，我指的堕落是思想上不知进取。选择不去交际就可以忽略这些人；不需要和他们来往、有足够的时间独处，真是值得庆幸的事情；因为几乎我们所有的痛苦都源自和别人来往；和别人来往会让人心神不宁，而我之前说过，内心的平静是继健康之后走向幸福的第二要素。没有大量时间独处，人不可能达到内心的平静。犬儒主义者放弃所有私人财产就是为了得到心静神宁的喜悦；同理，拒绝社交也是为了得到内心的宁静，这是明智之举。关于这一点，贝尔纳丹·德·圣皮埃尔有一句恰如其分的格言："节制饮食，身体健康；节制社交，心静神宁。"学会独处、爱上独处，和自己做朋友，就像赢得了一座金矿，但这不是每个人都能做到的。进行社交活动的首要原因是相互需要；一旦这一点满足了，人们又会因为无聊聚在一起。若不是因为这一点，一个人或许会决定独自待着；因为只有独处的时候，每个人才会觉得自己独一无二，非常重要，就好像他自己是世界上仅存的人类。然而在纷纷扰扰的实际生活中，个人的独特性被压榨殆尽，他每走一步，都只是得到了令他痛苦的否定。从这一角度说，孤独是人类最原始、最本质的状态，就像伊甸园中的亚当享受着原初的快活。

可是你看，亚当有父母吗？从另一个角度看，孤独并不是人的本质状态，因为一个人来到这个世界上，自然会有父母、兄妹，也就是说，他生来就处在一个社群里，而不是孑然一身。这样，你就不能说热爱孤独是人的本质属性，这是经历了历练、进行了反思的结果，只有心智不断发展的人，才会渐渐接受孤独、拥抱孤独。

第二章 我们同自己的关系

一般来说,社交能力与年龄成反比。一个小孩子如果独自待上几分钟,就会发出可怜又惊恐的哭声;稍大一些,被关起来独处则被视为一种严厉的惩罚。年轻人之间很快就能建立友好的关系;只有品质高尚、头脑卓越的年轻人才会因为偶尔的孤单而感到高兴——但若单独待上一整天,他们还是会闷闷不乐。而对于一个成年人,独处一整天是轻而易举的事;经常独处对他们来说不再是一种烦恼,越年长,这种独处带来的烦恼则越少。一位迟暮的长者会在独处中怡然自得,同辈人可能已经逝去,他看待生活中享乐的态度,要么是冷漠,要么是麻木;从个体的角度说,一个人心智越成熟,他才越有想隐退的念头。

如上所述,这种想要隐退的倾向,并不是自然而然产生的;这种倾向不会因为人类的直接需求而产生,而是我们经历增长后的沉淀,是我们反思真正需求的产物,尤其还是我们对大多数人作恶的认识的结果,因为这些人不是道德败坏就是心智低劣。最糟的是，在个人案例中，道德败坏和心智不健全往往相辅相成、彼此助长，这样一来，各种令人不快的事情就会发生，与大多数人来往不仅令人不快，更让人无法忍受。因此，这世界虽然险恶，有很多卑劣之事，最坏的却在社会里、人群中。即使是那位爱社交的法国人伏尔泰，也不得不承认到处都是些不值得攀谈之人："在这世上，到处都是不值得与之对话的人。"连彼特拉克也道出了渴望独处的理由——他为人那样温和，却也一直强烈渴望着孤独！他说过，只有小溪、平原和森林才知道他为何试图逃离愚蠢、乖戾的人，那些人已经偏离了通往天国的路：

> 我一直以来都在寻求孤独的生活，
> （河岸、田野和小树林可以做证）
> 为的是躲避那些渺小晦暗的灵魂，
> 依靠他们无法找到通往天国之路。

他在那本令人愉悦的书《论孤独的生活》里也

第二章　我们同自己的关系

表达了相同的意思,这本书带给齐默尔曼灵感,后者因而创作了名篇《论独处》。尚福尔在下面这段话里暗示了热爱隐世的次要特性,热爱讽刺的他如此说道:"一个孤独地生活的人,人们往往说他不爱社交,这就好比一个人不愿意在诡异的邦迪森林里行走,人们说说这个人不爱散步一样。"

波斯诗人萨迪也表达过同样的情绪,你会在他的《蔷薇园》里发现。他说,自那时起,我们离群索居,宁愿走一条隐士之路,因为只有孤独才是安全的。温柔的基督教作家安杰勒斯·西勒辛思[1]也坦承自己有这样的感受,并用自己神秘的语言表达出来。他说:

> 希律王是共同的敌人,
> 而上帝在约瑟夫的睡梦中,
> 让他知晓了危险,

---

[1] 即约翰内斯·舍夫勒(1624—1677)的笔名,17世纪德国医生兼神秘主义诗人。——编者注

建议与箴言

> 我们从尘世飞向隐世,从伯利恒到埃及;
> 若留在尘世,我们只会死于痛苦!

焦尔达诺·布鲁诺同样称自己为"孤独之友"。他说,所有在地上的人都想过着在天国的生活,但是他们害怕天上难以逃避的孤独——那些想要预先体验神的生活的世人都异口同声地说:"看哪,我要远走高飞,宿在旷野。"[1]

在我经常引用的萨迪的作品里,他这样形容自己:"我已厌倦了大马士革的朋友,我退居到耶路撒冷周遭的沙漠,与荒野猛兽为伍。"简言之,普罗米修斯造人,有些用的是更优质的泥土,有些则不是。这很有道理,卓越的人和一帮低俗的人来往,能找到什么乐趣呢?他们讨论的共同点无非是卓越的人身上也有那么一丁点儿不高尚的成分——这些话题无非是琐碎粗鄙的家常话。卓越的人从这种交往中能

---

[1] 《旧约·诗篇》55:7。

得到什么呢？这不会让他们提高一个档次，只会让他们也和低俗的人一样鄙陋。倾向于隐居和独处的人，本质上有贵族气质。

流氓和无赖常常拉帮结伙——更多的是可怜的人！一个人本性里有贵族气质的主要标志就是：他不会因他人陪伴而感到一丝高兴。终有一天，他宁愿一个人待着，而且他渐渐明白，在这世上你若不忍受孤独，就只能与粗鄙为伍，鲜有例外。这话可能不中听，但即使是安杰勒斯·西勒辛思那样有着温柔和基督教大爱的人也不得不承认这一点。他说："不管孤独多么让人痛苦，都要小心，别落得粗俗鄙陋；因为那样一来，你会发现到处都是荒漠。"

那些伟大的心灵——真正的人性导师——很少在乎是否总有人伴其左右，这是自然的，就像一个校长不屑于与聒噪的小男孩们一同嬉戏打闹。伟大的人，其任务是要引领人类脱离谬误之海，走向真理圣坛——把他们从粗俗鄙陋的蛮夷之地、黑暗的深渊中拯救出来，引导他们走上文明高雅的光明之堤。思想崇高的人虽然身处尘世,却不属于这个地方,因此,他们从早年就开始意识到自己和别人明显不同;但是只有随着时间的流逝,他们才渐渐地对自己的地位有清楚的认识。他们的思想本就比别人高深,他们与别人的不同,会随着独处变得愈加明显;他们不让任何人接近自己,除非这人已经摆脱了主流文化的粗鄙。

如上所述,热爱孤独显然不是人性原初的冲动,它不是直接产生的,而是随着成长、心智的成熟,逐渐产生的继发冲动。只有高尚的灵魂才会有这样的冲动,他首先要战胜合群的本能,还要抵制**魔鬼梅菲斯特的诱惑**[1]——让你拿郁闷的、摧毁灵魂的孤独与在社群里的生活做交换;他说,更糟糕的是魔鬼赋予了社交一种意义:

> 停止抚慰你的伤痛,

---

[1] 梅菲斯特是歌德《浮士德》中的魔鬼,与浮士德签订契约后引诱人类堕落。——编者注

> 它像秃鹰一样撕咬你胸口,
> 最卑鄙的人群也会让你觉得,
> 你是在众人当中的一个人类。[1]

伟大的人都逃不过孤独的命运——有时他们会为此哀叹,但是比起社交带来的不幸,孤独也不算多可怜。但是随着年龄的增长,他们越发从容地选择了孤独,越敢于做出明智的选择(sapere aude)。到了耳顺之年,想要独处的心理就逐渐演变成一种自然而然的冲动、真正的本能;因为到了那个年纪,所有的因素都会促使人渴望孤独。最强烈的性冲动——对女人的渴望——就变得无足轻重了,老年人的性功能衰退为自足打下了基础,而自足的状态逐渐稀释了对陪伴的一切需求。人继而破除了一千种幻想,也使得愚蠢的想法覆灭了;大多数人到了这个年纪,也不聒噪了;他们没有更多对生活的期许,

---

[1] 《浮士德》第一部,1281-5。

也没有计划或目标。他们那一代人已经被时代淘汰，新生代像春笋一般涌现出来，认为老一辈人都是圈外人。而且在我们长大变老的过程中，时间的流逝是以指数增长的，我们会愈加想要把精力投入脑力劳动，而非实际生活的琐碎当中。如果说我们的头脑还能应付这些思考活动，我们追求知识、研究任何学科只会越来越容易、有趣。因为我们已经学到了知识、积累了经验，而且我们在运用头脑时习得了一些思考的技巧和方法。原先包裹在晦涩符号中的千万难题迎刃而解，取得研究成果的我们，会尝到克服困难后的甜头。丰富的阅历会让我们停止对他人的期许。总之我们会发现：人们不会因为关系更密切而得到什么好处；除了极少遇到的贵人的相助，绝大多数情况下，我们只会遇到一些暴露人性缺陷的人，莫不如互不打扰，留一些空间为好。我们不再被生活中经常出现的海市蜃楼蒙蔽双眼，而当我们单看某个人的时候，会很快察觉他的本质，因此就不愿和他更进一步了。最终，孤独——和自己相处——变成了一种习惯,虽然好像是后天养成的。只有从年轻时就开始培养,我们才更容易养成这种习惯。从前我们好像是在戒掉社交的瘾,努力让自己沉淀下来,而现在这种独处的欲望成了我们与生俱来的品质——好像我们生来便能适应,如鱼得水。这也解释了为什么有个性的人(往往因特立独行而被孤立)到老的时候会发现:自己年轻时被孤立的状态也不再是什么负担了。

事实上,只有当一个人具备了一定的思考能力和相当的智慧,他才能享受到老年这一真正的特权。一个人感激孤独的首要条件是他有真正的智慧,但是每个人都多少对孤独的好处有所体会。只有本性粗鄙、灵魂空洞的人,才会上了年纪还和年轻时一样对社交活动乐此不疲。但是到了那个地步,对于他们无法融入的社会来说,他们只会让人讨厌,最多让人勉强忍受他们的存在。不管他们从前多么受欢迎,那都是过去时了。

年龄大小和喜好交际的程度成反比——在这里,我们发现哲学中的目的论发挥了作用。人们越年轻,需要在各个方面学习的东西就越多；而人生来就有与人交往的渴望，这让他们互相学习，这样一来，年轻人仅仅靠与人接触，就能学到很多东西。从这个角度看，人类社会好像一个庞大的学院，其学习模式基于贝尔－兰卡斯特制[1]，和基于理论的书本、象牙塔式的学校教育系统正相反。可以说，无论是书本还是学校都是人为产物，和自然法则的大学堂截然相反。这样一来，一个人年轻时在自然的大学堂里通过社交努力学习生存法则，这样的安排就合情合理了。

然而，正如贺拉斯说："生活中没有任何事情是毫无瑕疵的。"印度也有类似的谚语："再艳丽的荷花也有丑陋的花茎。"虽然隐居有很多好处，但也难免有一些缺点，让人心生烦恼，不过和社交带来的烦恼相比，就是小巫见大巫。因此，一个内心丰富的人比起与他人相聚，更适应独处。在隐居的众多劣势中，有一点大家不容易看出来，那就是：当我们整天

---

[1] 英国 A.贝尔和 J.兰卡斯特所创造的一种教学组织形式，又称导生制、相互教学法。——编者注

待在室内时，天气一变化，我们就会身体不适，可能空气稍微干燥就会让我们生病；我们的脾气也会反复无常；长时间隐居，让我们对极其琐碎的小事异常敏感，别人说的某句话，甚至某个眼神，都足以扰乱我们的心思，惹恼甚至冒犯我们——那些在俗世中摸爬滚打的人，都不会注意到这些细节。

当你发觉人类社会令人厌恶，你便理所当然地逃向孤独。但是，假如你发现自己生来就没什么容忍独处的能力，再短暂的独处都会使你心情低落，那么或许你还年轻。听听我的建议吧，如果那样，试着把你的一些孤独带到社会中去，学着在有人陪伴时也保持一定的孤独感；我是说，说话前要三思，并且不要给别人说的话赋予精确的含义；更重要的是，不要指望他人，无论是道德上的许诺还是思想上的建树；让你的内心变得强大，对他人的观点保持冷漠态度，这的确是锻炼包容的好方法，而包容是值得称颂的品质。这样一来，你虽然置身社会之中，却不会和他人有太多瓜葛：你和他人的关系是相对客观的，不带感情色彩的。牢记这一忠告,你就不会和社会走得过近,也就保证你不会被社会腐化或被社会激怒[1]。从这个角度来讲,社会就像火种——智者取暖有道,会和火种保持一定的距离;他们不会像愚人一样走得过近,后者因为太近而灼烧到自己,愤愤大喊"这火烫人",然后远远地逃走,在孤独中瑟瑟发抖。

10

嫉妒是人的天性[2],但它也是一种不良习惯,一种痛苦的来源。我们应该把它视作幸福的敌人,像对待邪念一样将其扼杀在摇篮里。塞涅卡给了我们这样的忠告:"对于我们已有的,我们应该感到知足,

---

[1] 社交虽然限制人的个性,但这好像是一种根深蒂固的本能。莫拉廷在《新喜剧或咖啡馆》中描写唐佩德罗这一角色时,很好地表现了这一点,具体参见第一幕第二、三场。

[2] 嫉妒显示出人们不快乐,他们总是盯着别人在做什么,而自己一事无成,可见其多么无聊。

避免自我折磨,拿自己拥有的那一份跟别人或是更幸福的人比较。"[1]而且,"如果大多数人好像过得比你好,那么就想想那些活得比你差的人。"[2]如果真的大难临头,就想想那些比我们不幸得多的人,这样的安慰行之有效,虽然这和嫉妒一样是比较出来的结果。还可以想想和我们同样不幸的人还有很多,这也很管用。

我们对别人的嫉妒就谈到这里,说说别人嫉妒我们吧。因嫉妒而起的恨意最难化解,因此我们应该时时克制自己,别去招惹别人;不要因为被人嫉妒而感到骄傲,觉得高兴,要想到这会引发严重的后果。

贵族分三类:(1)出身显贵的贵族;(2)财力雄厚的贵族;(3)思想精神的贵族。最后一类最为高贵,思想精神的高贵终究会被承认,它经得起时间的推敲。有一次,腓特烈大帝设宴,伏尔泰和君主、王子们同席,大臣和将军们则被安排和管家、随从一

---

[1] 《论愤怒》第三卷。
[2] 《书信集》第十五封。

桌。管家对此非常惊讶。而腓特烈大帝如此英明，对大臣说："有思想的人，地位和帝王相同。"

这群贵族里的每一个，都被一群嫉妒之人包围着。如果你也是贵族中的一员，他们会暗自怨恨你；除非他们出于恐惧而克制对你的憎恶，否则他们会想方设法让你清楚一件事：你不比他们强。他们急于让你明白这点，这恰恰暴露了他们深知自己不如你的事实。

如果你很容易招致别人的嫉妒，你要采取的策略就是和这些爱嫉妒的人保持距离，而且要离他们越远越好，避免与他们接触。这样一来，你们之间就隔了一条宽阔的沟壑。如果这样都无法摆脱他们的骚扰，那就沉着面对他们对你的攻击。在第二种情况下，引来攻击的那个特质也会弱化、抵消攻击。一般来说，招人嫉妒的人都是这样做的。

而同为贵族的人常常会有良好的关系，彼此不容易产生嫉妒之心，因为他们各有所长，形成平衡。

第二章 我们同自己的关系

11

在实施任何计划之前,要深思熟虑;即便你已经彻底反复考虑过了,但仍要明白,人类的判断能力总是不完备;我们无法调查清楚或预见到所有情况,意外总会发生,打乱我们的算盘。但是这一顾虑会对我们产生消极影响——紧要关头,这一顾虑抑制我们做不必要的事的冲动——以静制动。但是一旦你下决心并开始工作,必须静待结果,等待事情自然发展——不要因反复考虑已经完成的事情而自寻烦恼,因为可能发生的危险不断产生新的担忧:把现在的烦心事都放下,不要仔细去琢磨,确保适当的时候去关注问题,保持成熟的态度。有句意大利谚语说:"legala bene e poi lascia la andare。"歌德译作:"马的腹带已经拴牢,去大胆地飞驰吧。"[1]

---

[1] 顺带一提,歌德的很多收录在《谚语集》中的格言,都译自意大利民间谚语。

如果做到了这点还是失败了，那是因为偶然和错误总会跟人类事务开玩笑。连最有智慧的苏格拉底在解决私人事务时，都需要聆听守护神的警示，告诉他什么是对的，或者至少避免犯错；这说明人类智慧的不足，不能保证完成人类事务。据说，有一位教皇曾这样表示，当不幸降临时，不该说不幸找上了我们，而是我们自找的。即便不是每件事都是如此，这也符合大多数情况。这甚至和人们努力去掩饰自己的不幸有关，他们戴着幸福的虚假面具，以防别人看穿他要为多少不幸负责。

12

如果不幸已经发生了，既成事实，无法改变，你应该调整心态，不去想"如果没发生会怎样"；也不要想它本可以用这样或那样的方法改变；反过来想，这些事只会徒增你的痛苦，让结果变得无法忍受，那样你会成为自己的施虐者。在这一点上，大卫王就是一个好榜样。他的儿子倒在病榻上之后，他不断地祈求、恳请上帝让他儿子康复；但是当他儿子去世了，他变得毫不在乎，再也不去想这件事了。那些心胸狭窄做不到这样的人，或许可以在宿命论中找到安慰，你会发现一个真理：所有的事情都是必然的，因此不幸也无法避免。

无论这个建议有多实用，它还是片面的。想缓解片刻的痛苦，得到一丝宁静，这种策略显然不够有效；大多数情况下，不幸都是由我们的疏忽和愚蠢导致的，不管怎么说，我们肯定难辞其咎，因此，考虑怎么可以避免不幸则成了明智的事。尽管过去的不幸都是敏感问题，但是反思过去是一种自律的健康方式。我们因此会在未来变得更明智，会成为更好的人。如果我们犯了明显的错误，常常会去掩饰犯错，或是为自己找借口托词，这是不应该的；我们不妨大方地承认犯了错误，坦然面对所有可能引起的恶果，这样我们就能坚定信心，及时避免再犯错误。诚然，这意味着自我折磨的巨大的痛苦，你可能会发很多牢骚，但是要记住："舍不得棍子，管不住孩子。"[1]

13

在所有影响幸福和悲哀的事情里，我们还应该留心不要让梦想脱离实际，建造空中楼阁。首先，这样做代价太高，这座空中楼阁很快会崩塌，只会徒增忧伤。同时，我们也应该警惕杞人忧天的想象，这也会徒增悲伤。如果这些不幸纯粹是想象出来的，是很遥远或不太可能发生的，我们应该立即从自己编织的痛苦中醒来，认识到这一切都是幻觉；如果是遥远的未来可能会发生的不幸，我们才要稍加留意，而大部分时间我们应该着眼于现实，为实际取得的成绩感到高兴。然而，我们不会因为想象不幸就感到高兴，我们会沉溺于建造空中楼阁而沾沾自喜，这都是无所事事的人才有的状态。我们之所以会去构想一

---

[1] 米南德《莫诺斯特》。

些阴暗的不幸，部分原因是有些现实的不幸确实对我们造成了威胁。尽管这种威胁离成为现实还有一段距离，我们还是会把它想象得近在咫尺，大得压死人。与美梦不同，只要我们做了这种噩梦，就算从梦中醒来，它也萦绕在我们心头；因为美梦很快就会被现实驱散，至多留下一丝渺茫的希望，妄求最后的可能性。一旦我们放弃自己，任由忧郁的想象摆布，它们会带来各种幻觉，这些幻觉不会轻易消失；而很可能这些想象变成了现实。但我们也无法预知实际的可能性；可能发生又变成很可能发生，结果我们就开始自我折磨。因此要注意，不要因为任何事而过于焦虑，无论这些事是否关乎我们的幸福和悲哀，不要让自己焦虑到不可理喻的程度，那是不明智的；遇事要冷静，心平气和地考虑事情，把它当成一个抽象问题来看待，想象这个问题不会具体涉及我们自身。我们不该任由自己胡思乱想，想象毕竟不是判断，只会制造幻觉，引起一些不利于自身的痛苦体验。

到了晚上，就尤其要谨记我强调的这一原则。

建议与箴言

黑暗让我们胆怯，让我们看到无处不在的可怕的形状，思想上的不清不楚也会产生类似的影响，不确定本身就带着一丝危险的警觉。因此，到了晚上，我们的头脑休息了，判断力减弱了——仿佛客观的黑暗也为主观世界蒙上了阴影——理智一朝懈怠就容易陷入混乱，不能看清事情的本质。在这种状态下，我们若开始沉思冥想，思考关乎个人利益的事情，就容易设想出危险、可怖的一面。这种情况一般发生在晚上，我们躺在床上的时候，因为那时头脑处于完全放松的状态，判断力几乎失去了执行任务的能力；但别忘了，想象力仍然清醒。黑夜让一切看起来都是黑色的，任何东西都是黑色的。因此，在要入睡之前，或是在夜里失眠的时候，我们的思想都是混乱的，想法都在歪曲事实，和梦本身一样；如果这时我们集中精力思考关乎自己利益的事，想法往往就会特别黑暗扭曲。到了早上，所有想法都会像梦魇一样消失无踪，就同西班牙谚语所言："昼是白色，夜是染了色。"但是一旦到了晚上，点了蜡烛，头脑就和眼睛一样，看东西不那么清楚了：这个时间段不适宜思考严肃的事情，特别是不愉快的事。不如早上去思考这些事——一日之计在于晨，思考和锻炼身体都不例外。早晨是一天的开始，所有的事都是明亮的、新鲜的，很容易做到；我们会感到力量，浑身是劲儿。可别睡懒觉，以免误了好时光，也不要把时间浪费在不值得的工作和闲聊上；应该把早晨看作生命的精华或神圣的时光。夜晚则如同人的老年：倦怠、饶舌、愚蠢。每一天都是一次短暂的人生：每天起床都是一次新生，每个崭新的早晨都是青春，每次休眠都是死亡。

但是总的来说，很多外界因素都会对我们的心情产生举足轻重的影响，比如健康状况、睡眠质量、营养补充、温度气候还有周围环境，我们的心情又进而会对我们的思想产生影响。因此我们对任何事情的观点以及我们从事各种工作的能力都受到时间和空间的限制。所以，有好心情的时候就要努力做事。好心情可不多见！

建议与箴言

> 好心情寥若晨星,所以要格外珍惜。[1]

我们不能经常形成对周遭环境的新看法,或无法控制最初的想法:新的想法只是自然而然产生的。我们不可能提前决定思考某件个人事务的确切时间,也不可能在决定这样做的时候,把问题完全想清楚。因为一连串支持这件事的想法会不期而至,我们会一个劲儿地被这些想法牵着鼻子走。这样一来,反思也会适时出现。

我之前建议过我们要给想象套上缰绳,这样会阻止我们沉湎于过去不幸的记忆,不去胡思乱想,也就不会涂画那些我们经历的不公和伤害、忍受的失去和侮辱、遭到的怠慢和烦扰:这样做只会唤起长久休眠的怒火——再次苏醒的愤怒和憎恨会搅扰我们的生活,污染我们的本性。新柏拉图主义者普罗克洛斯在一则奇妙的寓言里指出,在每一个城镇里,每

---

[1] 语出歌德。

个暴民歹徒附近总住着一个高贵的有钱人——所以，人们都一样，不管他多么高尚雅致，在其本性深处都有一堆低俗鄙贱的欲望，欲使其沦落为禽兽。绝不能给这个禽兽暴徒反叛的机会，即使只是在暗中窥视也不行，那副嘴脸十分可憎，而引导他反叛的，恰是我一直在描述的胡思乱想。不耐烦，哪怕再小的不耐烦，不管是因周围人还是周遭环境所致的不耐烦，都会膨胀成一头可怖的怪兽，让我们束手无策——这都是因为我们计较那些烦恼，然后把它们想象得特别大，描绘得特别刺眼。所以最好还是冷静平淡地看待让你不愉快的事，这就是忍耐的最佳良方。

一个物体很小，但是若你将它置于眼前，你的视野将会受阻，看不到大千世界的精彩。同样，不管是人或事，即便它影响很小，若你把它看得很大，就容易过高评价，把精力都用在这些琐碎的人和事上，没有为严肃思考和大事留下空间。因此我们必须竭力反对这一避重就轻的倾向。

14

我们看到了那些不属于我们的东西,就很容易这样想:"啊!那要是我的该多好!"这让我们体会到了我们的贫穷。比起这样想,不如多想想相反的情况:"啊!那要不是我的会怎样?"我的意思是:我们有时候应该这样看待我们所拥有的财富——本来我们已经失去了它们,但又失而复得了;不管这些财富是什么,财产、健康、朋友、妻儿或我们深爱的某人,甚至我们的马或宠物狗——只有失去的时候,我们才开始发现它们的价值。如果我们转变思想,按照我建议的方式看待事情,我们就能双赢;我们立刻就会高兴很多,因为我们知道自己不是一无所有,也愿意尽自己所能去保护它们,避免失去。比如,我们不会挥霍财产去豪赌,也不会激怒朋友,不让妻子受到诱惑,关心儿女的健康,等等。

为了消除眼前的忧郁与消沉,我们常会臆想自己未来会有成功的机会;这让我们凭空制造了很多荒诞的希望。每个希望都有一个幻想的萌芽，而我们难免陷入绝望，因为现实的残酷总会挨个击碎我们的希望。

不如设想一下未来可能遇到的不幸，这样受的伤害会减少很多，还会立刻想出应对它的预防措施，而如果这不幸没有发生，我们会感到意外之喜。挨过开头一段时间的焦虑之后，我们总会重振精神，不是吗？我要进一步说明的是，偶尔想想可能会发生的巨大的不幸是有些用处的——仔细想象如果它们真的发生会怎样，这样现实生活中接连发生的琐事，即使让人不快，比起可能发生的巨大的不幸也容易忍受了。回头看看我们躲过的那些巨大的不幸，何尝不是一种安慰呢！但是，别只是遵守这一准则，别忘了我前面说的话。

15

让我们担心的种种事情（不管是要事还是琐事）

都是五花八门的，没有固定的规律或联系，只是混杂了一些显眼的事情，除了每件事都对我们有特别影响之外，没有任何共同点。所以，要是我们总是想着这些鸡毛蒜皮，它们一定会引起我们思想上的突变，让我们突然焦虑起来。因此，做事首先就要放下一切，不去关注其他事情：这让我们每次只心无旁骛地关注一件事，排除对其他事情的兴趣，这样我们才能享受专注的快乐，否则你只是在忍受。这就好像把我们的思考分门别类地放在一个个小抽屉里，一次只打开一个，不会影响到其他抽屉。

这样一来，我们可以避免焦虑的沉重负担压垮自己，破坏了当下那点快乐，或是剥夺了自己休息的时间。否则，我们考虑一件事时，又会去想另一件事，而且过于关心某些大事会让我们忽略很多不起眼的小事。重要的是，每一个思想崇高的人都要避免专注于个人琐事或粗俗烦恼，不要让这些俗事占据头脑，忽略了更重要的事，那样就真是对生活的目的视而不见了——为了生活，毁灭了生活的目的。

当然，要想做到这一点（仅这一点）就需要自我约束，没有自我约束，我们无法控制自己（像我所说的那样），而自我约束也貌似没那么难以实现了。我们不妨想想，其实每个人都得屈从于周围的环境：无约束，不存在。而且，多一点眼前的自我约束，将来就会少一些别人对我们的控制，就像在圆心角相同的情况下，半径小时，切出的扇形面积也小；半径大时，扇形面积能比小扇形大上一百倍。没有什么能像自我约束那样保护我们不受外界的压迫，就如塞涅卡所言："跟从理智，凡事才能如你所愿。"自我约束，正是这种掌握在我们自己手中的力量，即使不幸接踵而来，触碰了我们柔软的内心，我们仍可以驯服它的兽性。但是如果其他人强行控制我们，就不会顾及我们的感受，也不会对我们施以怜悯或宽容。因此为了防止被他人控制，不如先自控，这是明智之举。

16

必须克制我们的意志,给欲望套上缰绳,生气要有节制。时刻提醒自己,一个人只能得到一丁点儿值得拥有的东西,还要提醒自己,每个人都必会遭遇很多不幸,总之,我们要忍耐,要克制;假如我们没能看到这点,无论我们有多少金钱,多少权力,依然会觉得烦恼。对此,贺拉斯建议,要仔细研究,不断追问如何才能过上平静生活,不因愿望落空和无用的担心而恼怒,总之,不必为了无谓之事而烦恼。

> 总结起来,真正幸福的艺术是什么?
> 要默记智者的这句话:
> "毁灭人类意志的是担忧和期望,
> 那都是子虚乌有的幻象。"[1]

---

1 《书信集》第一卷第十八封。

17

亚里士多德说过"生命在于运动",这是实话。一方面,我们有生命体征,是因为我们的有机体在不断运动当中;另一方面,我们的精神存在,也是由于我们在不断工作——不管是体力还是脑力的劳动,都少不了头脑参与。你会发现,人如果手头无事或大脑放空,就会开始打打响指,或随便拿个东西敲来敲去。这就是我们天生不安分的证据:要是没什么事做,我们很快便会厌烦,那是一种难以忍受的无聊。我们应该对这种想做点什么的冲动加以规范,并采取行之有效的方法,这样才能增加一些幸福感。动起来!——做点什么,最好凭空创造点什么,学点什么也行——人不做事就活不下去,这种设定真是一件幸事!人们都想凭一己之力来做点什么,要是能创造些什么,这种欲望的满足就无可匹敌了——比方说写本书或编一个箩筐。看着我们取得的成绩一点点累积,直到大功告成,在此过程中获得的快乐是直接的，创作艺术作品或书稿都会有这种快乐相伴，甚至，纯粹的体力劳动也会获得快乐；不过，越是高级的工作，带给人的快乐就越多，这也理所应当。

看来最幸福的人莫过于意识到自己能够创造出伟大作品的人，这些作品因为意义非凡而孕育了生命：这赋予了创作者整个生命更高尚的品位，让他们的生命散发出特别的芬芳。而相比之下，普通人的生命因缺少努力创造而变得索然无味。对天赋异禀的人来说，他们的生活和世界有一种特殊的志趣，不像其他庸人被日常琐事搅扰。志趣是一种比个人兴趣更高的层次。这些匠人从生活和周遭世界汲取创作的原料，尽管也为满足个人需求而倍感压力，但只要一得空，就全身心投入收集原料的辛劳当中。他们的身心和谐一致，在某种程度上拥有双重属性：一部分投身到日常事务中，人们对此司空见惯；另一部分投身于特殊使命中——这才是对存在最纯粹、最客观的沉思。在世界的舞台上，大多数人都扮演着无名之辈的角色，然后默默地死去。只有智者和天才懂得反思，他们不仅是演员，也是观众。

就让每个人根据他们的能力做点什么吧。一个人若没有正经工作和固定的活动范围——那该有多惨啊！人们为了取悦自己而跋涉旅行，但常常以不愉快告终，这正是因为无聊让他们远离了人的本性。奋发图强！与困难作斗争！这就是人的本能，和土拨鼠挖地洞差不多。实现所有的愿望才更难以忍受——起初我们可能沾沾自喜，但由于快乐持续时间太长，人们也受不了这种不再变化的感觉。战胜困难的过程才是体会存在的全部乐趣，无论何时遇到困难，我们都会越挫越勇。困难可能来自生活琐事或生意上的事，甚至可能来自思想的困境——困惑有时会妄图主宰我们。在奋力挣扎和由此带来的胜利中，总有让人喜悦之事。一个人要是没什么可高兴的，不如自己去制造快乐，听凭自己的喜好，打个球也好；否则他意识不到自己人性中不安分的一面，无所事事的他就会去和别人吵架生事，甚至走向诈骗、耍流氓的邪路——这都是为了结束静止的状态，因为它让人无法忍受。就像我先前所说——无所事事的人，很难保持宁静。

18

人要避免被自己想象中的幽灵牵着鼻子走。这些原则和清晰思考后得出的结论截然不同，而且大多数人都对它们极为反感。如果你仔细考察某种情形，深思熟虑后，突然产生了有利于特定情况的某种想法，你会发现这个决定受到了美好想象的影响，让你觉得所有问题的解决方案都很合理，但实际上你并没有厘清思路，还缺乏基本的判断。

好像伏尔泰还是狄德罗写的一部小说中，主人公站在岔路口，就像年轻的大力神赫拉克勒斯，一边是他的老教师，左手托着鼻烟壶，嗫着烟说教着；一边是他母亲的女仆。主人公只能看出前者是美德的化身，后者是罪恶的代言人。其实，尤其在青年时代，我们努力的目标是幸福快乐，生活欣欣向荣，这目标像在一旁嘲笑的幽灵,萦绕在我们的前半生甚至整个人生;往往我们觉得梦想就要实现的时候,憧憬却如海市蜃楼般消失,让我们明白人生无常。对家庭生活的憧憬又何尝不是呢——我们家会如何如何美好,或我们的同胞能过得更好,社会也会更好;或者定居在一个国家,能拥有什么样的居所、环境如何,我们因为获得勋章而备受敬重,等等——无论我们关注什么,总觉得自己能得到它。法语里有句俗话,"每个傻子都有自己的爱好"。我们关于恋爱的梦想也是如此。幻想是人之常情,而我们虚构的念头会对自己产生直接影响,尽管那些都不是真实的;比起抽象理性思维,这些幻想会抢先一步影响我们的意志,虽然抽象思维只能给我们一个模糊的大致框架,缺乏细节,但这些细节才是抽象思维的组成部分。抽象思维不能直接影响我们,但它才万变不离其宗;教育的本质就是教我们认识抽象思维,相信科学。当然,要认识抽象思维,就要时不时靠具体事例去解释它,但那也只是起到辅助作用。

19

以上原则可以看作一项更为普遍的准则的特例:人不能被眼前的印象所蒙蔽。不仅如此,他要避免相信所有表象,因为表象的迷惑总是无穷的,而思考的力量则很羸弱。这并不是因为暂时的表象承载着很多信息量——恰恰相反,它们只是容易被情感所感知,会对我们产生直接影响,会强行侵入我们的大脑,扰乱安宁,粉碎决心。

眼前的事物会立刻产生影响,这不难理解,而思考需要过程和精力,争论的价值需要时间的沉淀,不可能一下子就弄清楚所有问题。因此,我们容易被享乐所诱惑,尽管我们已下决心抵制这种诱惑;或者因为被人批评而恼羞成怒,尽管我们知道批评的人根本没资格指手画脚;又或者因为被羞辱而不快,尽管它可能来自某些与我们观点相近的人。同样,不需其他例子我们便能知道,尽管我们有十个理由去相信没有危险,但只要有一次误判,就可能会击碎我们的理性,让自己觉得危险就要来临。这些都显示了人性本质上的极端不理性。女性都会屈从于固有印象的影响,男人也鲜有不被影响的,同样无法保有理性,成功避开表象之苦。

如果仅靠思考还无法避免受到外界的影响,最好能利用一些相反的印象去抵消这种消极作用;比如受到侮辱时,我们可以转而依靠敬重我们的人;感到危险迫近时的不快,可以转而集中精力去想办法避险。

莱布尼茨讲过一个故事[1]:一个意大利人成功熬过了严刑拷打,因为他时刻准备等待他的绞刑架;他知道一旦招供,将会面临绞刑,所以他不停地大叫:我看到它了!我看到了——随后他解释道,他看到的是绞刑架。

出于同样的原因,我们会发现仅靠自己很难坚持某种信念——当所有人都和我们意见相左、做法

---

[1] 《人类理智新论》第一册,第二章。

不同时，尽管自己非常肯定他们是错的，我们也很难不动摇。一位兵败出逃的国王，后有追兵，身边只要有一个忠诚的随从，对他也是最大的安慰！随从在困境中对他毕恭毕敬，不因虎落平阳而背叛他，这是让国王不忘身份的最有力的支持。

20

在本书开头我就强调过健康无价，它在实现幸福的过程中扮演主要也是最关键的角色。在此，我需要再次强调这点，并给诸位提供一些保持健康的主要原则。

加强身体素质的方法，就是在健康的时候多工作、多劳动，努力锻炼身体。不仅是全身锻炼，每个具体关节部分都要活动，增强免疫力。但如果身体出现疾病或机能失调，不管出现问题的是整个身体还是某些部分，我们就要采取另一种方案，想尽办法护理身体，不遗余力地去涵养，因为已经病弱的器官无法增强身体素质。

高强度使用肌肉,肌肉就会变强;神经却不是这样,高强度使用只会使神经衰弱。因此要适当地练肌肉,尽量放松神经。眼睛要避免强光直射——尤其是反光的东西——晚上看亮的东西会对眼睛造成负担,也不宜长时间看细小的东西;要保护耳朵,远离刺耳的噪声。并且不要用脑过度,也别在不适宜的时间用脑,吃完饭要让大脑休息一下,那时候供应脑的能量流向了其他部位——消化系统正在制造食糜和乳糜。同理,剧烈运动的过程中或之后都不宜用脑,因为运动神经和感觉神经都在大脑中;肢体疼痛实则是大脑在感知疼痛;同理,表面上虽然是肢体在运动,但实则是大脑在运动,严格地说,是大脑的运动神经在运作,运动神经发出信号,通过脊髓传导到肢体,指示它们去运动。相应地,我们的肢体劳累,其实是大脑感到疲倦。这就是为什么只有受意志控制的自主神经连接的肌肉会感到疲劳,而像心脏这种无意识运作的肌肉不会感到疲劳。因此,很明显,如果剧烈运动的同时用脑思考，或在剧烈运动后马上就用脑思考，都会对大脑造成损伤。

事实上，在刚开始走路或短暂散步途中，我们往往会感到头脑灵光了一些，这和我说的并不抵触。因为在活动中的那部分大脑没空感到疲劳，除此之外，少量的肌肉运动有助于呼吸系统的运作，让动脉血液产生更多更纯的氧化沉积物流向大脑。

让大脑有充足的睡眠是最重要的，这样大脑会得到修复。睡眠对于人的品性而言，就像给时钟上发条。[1] 睡眠量是根据大脑发育和活动强度决定的，睡得太多纯粹是浪费时间，睡眠时间过长意味着睡眠质量不高。[2]

睡眠是一小段死亡，我们借以维系生命，焕发新生，因为日间劳作消耗了一部分生命——为了维系生命，睡眠在向死亡借贷。或者说，睡眠是死后应该上缴的利息，缴得越多、越及时，下次需要偿还的

---

1 《作为意志和表象的世界》第二卷，236 页。
2 同上，275 页。

期限就会相应地推迟了。

我们应该清楚地认识到——思考不过是脑的功能，思考应该有时有晌，和其他器官遵循同样的规律。大脑和眼睛一样，都会由于过度疲劳而受损。用脑不宜过度，就像胃不能消化过多食物一样。有人认为人有灵魂，说这个初级的、无形的概念住在大脑里，不需要什么东西就能维持基本运作。有个灵魂存在于时时刻刻的、无意识的思考中——这显然是错的，这无疑让很多人用脑过度，结果造成了脑力受损，腓特烈大帝就曾经试图养成不睡觉的习惯。哲学教授们最好忍住别去宣扬这种理念，践行这种理念本身就是致命的，但那样不正是教授们爱做的事吗？自问自答，婆婆妈妈地说教。一个人应该养成习惯，从生理的角度看待自己的脑力，量力而行——不仅要锻炼它，更要呵护它；要记住，不管身体上遭受了怎样的痛苦，不管是疾病还是失调，身体哪块出了问题，都会影响大脑。在这一点上，最好听我的建

建议与箴言

议去读卡巴尼斯的《论生理和伦理的关系》[1]。

很多天才和伟大的学者因为忽略了这个原则,而变得愚钝、幼稚,甚至在他们晚年的时候疯掉了。不举别的例子,就说本世纪早期一些著名的英国诗人,如斯科特、华兹华斯、骚塞,别说快死的时候,他们刚过六十就变得蠢钝,不胜脑力。他们都是受到高额版税的诱惑,把文学当成生意,为了赚钱而写作。这让他们误入歧途,滥用才华;诗人给自己的灵感套上了缰绳,用鞭子抽打他的缪斯,最后只会受到惩罚。不单单是智慧,滥用其他才能也会付出同样的代价。

你甚至在康德身上也能发现这一点,我怀疑他最后四年的幼稚行为完全是晚年过度劳累导致的,当然,这都是在他成名之后的事了。

---

[1] 叔本华这里提到的不是一本书,而是卡巴尼斯的一系列论文。卡巴尼斯,法国哲学家(1757—1808),在生理基础上讨论精神和伦理现象,但其晚期思想完全摒弃了先前的唯物主义观点。——编者注

一年中，每个月份都会对人的健康有特殊的直接影响；此外，我们的精神状态也会受天气的影响。

第 三 章

我们同他人的关系

第三章　我们同他人的关系

21

在这世上生存,你会发现谨慎和宽容大度非常有用:前者避免了损失和受伤,后者避免了口角和纷争。人是群居动物,没有谁应该被完全抛弃,即使他不道德、可鄙或可笑;因为他是自然的产物,有其所在的位置。我们必须接受他,他就是一个无法改变的事实——无法改变,这是永恒的、基本的规律所必需的产物。遇到再糟糕的人,我们只能记住梅菲斯特的话:"林子大了,什么鸟都有。"[1] 若我们不这样,就犯了不公正的罪孽,让我们所摒弃的人面临生死抉择。没人能改变自己独有的个性,如道德品质、智力水平、脾气或体型。要是我们做得太过分,从每个角度

---

[1] 《浮士德》第一部。

去评判、谴责这个人，他除了把我们视作仇敌，就别无选择了；因为我们实际上只允许在他不是自己的情况下存在着——而这和他的本性相悖，他做不到这一点。

所以如果你生活在人群中，就必须允许每个人有权按照他的品性存在，不管他的品性如何：你要做的就是尽力利用这种品性，发挥它的长处，而不是妄图改变它，或当即批判它。这是建议与箴言的真实要义——活着，并保持宽容。这个任务虽然极难完成，但非常正确；谁要是能一劳永逸地躲开人群，那真是幸运极了。

要学习忍受人类，首先可以练习耐心对待无生命的物体。这些物体由于其机械性和物质必然性，和我们自由的活动相抵触——我们每天都应该锻炼这种耐心。培养起来的耐心用于对待人类，不管遇到什么样的反对观点，都看作他们本性的必然产物，他们和我们合不来，就如同无生命的物体和我们相抵触一样，这都是死的定律。为他们的做法而感到愤愤不平,和跟绊脚石置气没什么分别。要对付很多你无法改变的人,最聪明的办法,就是转而去利用他们。

22

令人惊讶的是,两人一旦开始谈话,他们的思想和性情就会很快暴露出来,大家很快就会觉察到他们之间的异同——从每一点小细节都能看出来。两个人本性如果完全不同,不管说什么都会引起对方不悦,甚至会惹恼对方;即使话题可能岔到很远,或是双方都没有什么实际的利益冲突。而性情相投的人谈起话来,会立刻感到彼此的认同;若他们像是一个模子刻出来的,那交谈中立刻会流露出和谐与共鸣。

上面的话解释了两种情况。第一,大多数普通人都喜欢社交,走到哪儿,就把朋友交到哪儿。啊!这些所谓可爱的人真是敢于交往。而那些卓越非凡的人往往不是如此;这些人越是出类拔萃,就越不喜欢社交；但是即使孤身一人，他们恰好遇到某个人，和他哪怕有一点点相似，产生一丁点儿共鸣，他们都会很庆幸能拥有这个人的陪伴。人都是有来有往的，而伟大的人就像老鹰，只身在高处筑巢。

第二，我们会明白志趣相投的人为什么很快能合得来，好像他们被磁场所吸引——有缘千里来相会。当然大多数情况下，我们只能看到趣味低俗、低智愚蠢的人爱凑到一起去，因为这样的人像罗马军队一样数目庞大；而异于常人、比较优秀的人却不容易遇到彼此。

举例来说，很多人为了实现某个具体目标而组成一个社团；要是里面有两个捣蛋鬼，他们俩就会因为佩戴同样的勋章而很快认出彼此，然后立刻沆瀣一气，谋划点儿不法或背叛行为。同样，你想——即使现实中不太可能——一大群人都是聪明绝顶的精英，里面混杂了两个傻子，这两人必定会臭味相投，心中窃喜，觉得这群人里还算有个别明事理的人。所以真的很奇怪，两个人，尤其是两个道德卑劣、头脑愚钝的人，会一眼认出彼此。他们多么渴望走到一起啊，他们殷切地问候彼此，兴高采烈地迎接对方，就像多年的故友——让人忍不住相信佛教的轮回观，猜想他们拥有前世的因缘。

不过，即使两个人志趣相投，也会因为一瞬间的不和谐而分道扬镳。因为每个人的情绪都不一样。你几乎看不到两个人的想法是一个模子刻出来的；想法不同是生活条件、职业、环境、身体状况的不同造成的，或是同一时间他们脑中思绪千差万别。这些差异缔造了两个合拍的人之间的不和谐。为了矫正这点达到某种平衡，消除不悦——就要引入情绪一致的概念，完成这个工作的前提是：整个文化需要达到相当高的水平。情绪一致可能会使大家互相友好起来，这是由情绪对群体影响的大小决定的。比如一群人聚集在一起，表现出某种客观的兴趣，这种共同兴趣以同样的方式影响着他们——无论共同面临的危险是一起展望的希冀、一条重大新闻，还是一出戏剧，甚至是一首歌，等等——你都会发现这引起了他们思想的共鸣,他们都表现出真诚的兴趣。而此时,他们中就会产生一种总体的快乐;因为他们不再关注私人或个人的兴趣,而是一起关注一件事,这就是情绪的一致性。

群体里很容易出现不和谐的音符,一方面是因为人们恰巧在同一时间有不同情绪,另一方面也稍微解释了为什么我们总是美化记忆。有时,记忆甚至完全变了样,那是因为我们心中曾经的态度发生了变化,因为我们记不起来那些稍纵即逝的瞬间,以及它们让我们感到的不安。这么看来,记忆就像暗室里的聚光镜:它把所有事情都收进一个小框中,渲染得极其精美,而实际的图景比它差远了。而放到人身上,想要美化一个人的形象,最好就是不去看他;因为记忆的美化需要些时间才能完成。有一种明智的做法是,隔好长一段时间再去看看你的朋友和熟人,你会发现记忆对他们施了美化魔法。

23

没有人能超越自身能力去看到更高深的东西。

让我来解释一下这句话。你在一个人身上只能看到你自己本就有的东西;你的智力水平决定你能看懂他多少。如果你自身素质差,另一个人有再伟大的思想都影响不了你;你在他们身上根本看不到什么高深的思想,只能看到自己那点鄙俗的影子——换言之,就是他身上性情赢弱、有缺陷的部分。你对这个伟大的人的全部认知只限于他那点缺陷,你就像瞎子或色盲一样,他伟大的思想对你而言毫无作用。

智力对于没有智力的人来说是不可见的。在批评他人作品时,批评者自身所掌握的知识范围与作品本身的价值同样重要。

因此,与他人交往必然涉及一种"向下对齐"的过程。一方拥有的品质若在另一方身上缺失,那么在他们交往时便无法发挥作用;而由此导致的一方的自我牺牲，也得不到另一方的认可。

想想吧，大多数人都那么愚蠢、低俗，用一个词形容就是粗鄙。你会发现跟他们沟通几乎不可能，除非自己也暂且低俗一些。这里，低俗和导电差不多，很容易就能传染给很多人。你很快便认清现实，也一下子懂了那句话用在这儿是多么适合："作践自己"；到时候你就会愿意避开这群人了，他们跟你唯一的纽带不过是你最不以为荣的那部分品行。所以你恍然大悟，对付那些蠢货，唯一彰显你智慧的办法就是——别和他们有任何瓜葛。当然，这意味着当你进入社会时，偶尔会觉得自己仿佛一名舞蹈家受邀参加一场满是瘸子的舞会——我们能与谁共舞呢？

24

一个人在等人或赋闲在家的时候，能忍住不嘟嘟囔囔，也不拿手头的手杖、小刀、餐叉之类的东西打发时间,这样的人百里挑一,我十分尊敬。

而大多数人明显只顾眼前看到的,而失去了思考的能力;他们只有在制造喧嚣时才能获得存在感;除非他们恰巧在吸烟才会不聒噪,当然吸烟和聒噪也没什么分别。正因如此,他们总是聚精会神地关注周围的人和事。

25

拉罗什富科曾有过很惊人的言论,他说我们很难同时尊敬又喜爱一个人。所以,我们只能在得到别人的尊敬或喜爱中择其一。

爱往往是自私的,不管以何种方式;要想赢得别人的喜爱,我们只能采取不耻的方式。一个人受人喜爱的程度,主要取决于他能在多大程度上克制自己对他人好感和思想的要求;但他这么做时必须保持真诚的态度,不掩饰、不虚伪——这其实不仅是宽容,本质是一种藐视。这让我们想起了爱尔维修看到的真实一幕[1]:"取悦我们的思想和智慧的深度,就是我们自己的思想深度。"以这句话为前提,很容易得出我所说的结论。

而对于受别人尊敬,情况却恰恰相反;我们违背了别人的意愿强行从别人那里得到尊敬,因此别人多数时候会隐藏对我们的尊敬。和受到喜爱相比,受到尊敬才能带给我们真正的满足感,因为它和个人价值有关;而受到喜爱和我们的个人价值无关。喜爱本质上是主观的,而尊敬是客观的。当然你要明白,受到喜爱比受到尊敬更实用。

26

大多数人的主观意识太强,只对自己感兴趣。不管听到什么言论,他们只是立刻去想放在自己身

---

[1] 爱尔维修(1715—1771),法国哲学作家,深受叔本华尊敬。他的主要著作《论精神》声称是唯物主义著作,因此出版时引起很多人的兴趣,同时也有很多批评之声。——编者注

第三章　我们同他人的关系

上会如何如何,离自己多遥远的话题都会扯到自己身上,因为他们只关注自己:这样一来,他们也没有精力去思考,得出什么客观结论了;要是哪个观点触碰到他们的利益,或冒犯了他们的虚荣心,他们就更不可能认同了。这些人特别容易分神,什么事都能冒犯到他们,侮辱他们所谓的人格。他们很容易被激怒,即使讨论公共话题时都得小心翼翼,避免谈到与这些敏感的上流者有关的话题,因为说什么都能伤害他们的感情。只要不牵扯个人,人们真的什么也不关心。真知灼见、细微的观察、机智诙谐,都对他们丝毫没有影响——他们理解不了,只是麻木不仁。但是,如果有什么事触碰到他们可怜的小虚荣——即便和他们没有直接关系,或者干脆就没关系——或者一切能损害他们过分爱惜的自我形象的议论——他们都会极度敏感。可要留神,他们就像小狗崽儿,别一不小心踩到他们娇嫩的小爪子上了——你可能会听见凄厉的惨叫;或者他们就像浑身长满毒疮、奄奄一息的病人,你要格外小心护理,避免额外伤害。甚至还有些人到了这种地步,我们和他们谈话时,稍微表现一点未加掩饰的智慧和敏锐,都会被他们当成一种直白的侮辱;可能他们当下没有表现出厌恶,我们也并没有觉察出来,但事后我们绞尽脑汁也想不通他们的行为,不明白自己到底怎么得罪了他们。

但是要讨他们欢心或奉承他们也很容易。他们没什么判断力,很容易左右动摇,根本不分是非黑白,视野受限,只支持自己所属政党或阶层的言论。真正的原因是这些人的意志完全压倒了认知力;他们屈从于意志的支配,因为他们只有一丁点儿可怜的智商,甚至片刻也无法摆脱意志的控制。

占星学也有力地说明了这点,人类可怜的主观倾向太强,只能看到和自己有关的东西,任何事都能马上让他们联想到自己的命运。占星学的目的,就是要把天体的运行和人类可悲的自我硬扯到一起。其实天上的彗星和地上的纷扰又有什么关系呢?[1]

---

1 参见斯托拜阿斯的著作《物理学与伦理学》。

27

当公共领域里（比如社会上或书上）有什么错误言论被广泛认可——或至少没被驳斥时，我们都不应该因此感到绝望，也不要觉得事态会一成不变。要安慰自己，应该想到将来人们会重新审视这个问题；人们会重新阐明它；人们会重新考量、讨论；最后人们会达成一致，真知将浮出水面；一般都是如此，这需要时间的沉淀，越是难题越需要时间，但时间一到，人们会明白你才是当初明事理的那个人。

当然，在此期间你必须有耐心。众人皆醉你独醒，就像全城的钟表都走错了，只有自己的手表显示正确时间；但是对他来说又有什么用呢？其他人都在按照错误时间生活，包括那些明知是错的人。

28

很多人就像孩子，你要是惯着他们，由着他们的性子，他们就会撒泼淘气，变得没规矩。

所以对任何人都不要过分仁慈，娇纵他们。谨记这条，你就不会因为拒绝借钱给朋友而失去他，但你仍然很有可能借钱给他，那样反倒会失去他。同样，对待别人，如果表现得骄傲、怠慢些，不会让别人疏远你；反倒是太过顺从的态度会让别人得寸进尺，使关系出现裂痕。

人们会越界的主因，就是你让他们误以为你依赖他们。那样他们会立刻变得粗鲁无礼、盛气凌人。实际上，只要你和他建立了什么关系，有些人马上就变得无礼；比如你信任他们，而且有时必须跟他们说些什么，他们很快会误以为可以随意对待你、冒犯你，越过了人与人之间基本的礼貌界限。这就是为什么你真正在乎的人很少能同你要好，因此你要避免和粗鄙之人太过亲近。要是一个人觉得我更加依赖他，那他会很快觉得我从他那儿偷走了什么；他就会想办法报复我，向我讨债。面对这些人，想要保持自尊自爱，就得让他们明白：没了他们你也过得挺好。

这么看来，最好让你认识的人（无论是男是女）常常觉得你自己待着也挺好，不需要他们的陪伴。这样友谊才会更加巩固。甚至，对他们大多数人偶尔撒下一颗藐视的种子也没什么不好，那样会让他们更加珍视与你的友谊。就像一句意大利谚语所言："不讨好的人，会赢得尊重。"——傲然于世，才能赢得尊重。即便我们真心看重一个人，也不用表现出来，就当表现尊重是一种罪过吧。这样做，心里可能会不舒服，但至少是对的。你对狗太好，它都可能会反咬你一口，更何况是人呢！

29

一般而言，一方面品格高贵或天资卓越的人，会意外地暴露出他们在人情世故上的缺失，尤其是在他们年轻时，因此他们很容易被欺骗或误导；另一方面，那些庸人却很快学会投机取巧，在社会上站稳脚跟。

原因在于，人在经验不足或根本没有经验时，必须依靠先验的概念做出判断；需要判断时，先验概念和亲身经验不是一个概念。因为庸人脑中的先验概念不外乎自私自利的想法；而那些才智品格优越的人有很大不同：恰恰是他们的无私令他们鹤立鸡群。由于自己是君子，他们也如此去揣度别人，结果事实（庸人的自私愚蠢）常常让他们大跌眼镜。

如果拥有伟大人格的人得到后天的教训（不管是亲身经历还是别人给的），最终都会意识到：别对庸人抱有任何期待——庸人是绝大多数人，他们道德败坏、智力低下，你无论如何也无法融入其中，所以最好敬而远之，不要有任何瓜葛。即便如此，伟大的人也无法对庸人那些可怜卑鄙的本性有充足的认识（他会穷尽一生来认识到这点），只有他想不到的，没有那些人做不到的；在此期间，他只会犯更多错误，让自己更受伤。

然后，在吃一堑、长一智之后，有时还会在一群陌生人里惊讶地发现另一些人。他们的言谈举止都很明事理，表面看上去都很真挚、诚实、值得信赖，其实非常精于算计。

伟大的人不应该因此而困惑。大自然并非文笔拙劣的诗人，笨拙地塑造几个一眼就能认出的傻子或流氓。你可能会觉得大自然在勾画这些人物时，一边不停否认他们精于算计的本性，一边不停提醒你："这是个流氓""那是个傻子""别在意他说什么"。大自然就像莎士比亚或歌德这类作家，在塑造每个形象时——甚至包括魔鬼——都会让他们在某些时候合情合理；这些人物刻画得如此仔细，不禁激起了我们的兴趣，还博取了我们的同情。大自然的作品也是如此，每个人物都根据某种隐形的法度规则演变而来，说话做事那么自然，仿佛有一种必然性。你若总是期待看到长角的魔鬼和挂着铃铛的傻子，那也难怪每次都被他们愚弄、欺骗。

与人交往时应该记住，人们就像月亮或驼背之人：只会展示自己其中的一面。人人都有伪装的天赋——戴上面具掩藏真面目，总是以其他面貌示人；

而且他会依照自己与生俱来的个性打造这些面具,所以面具往往很自然,很有欺骗性。他想要别人高看他一眼,就赶快戴上面具;你只能将其看作一层虚假的蜡,要永远记得意大利的一句谚语:"没有哪条恶狗不会摇尾乞怜。"

在任何情况下都要小心,莫要对刚认识的人抱有太多好感,否则你很可能会大失所望;你最终会觉得自己很蠢,感到羞耻,甚至很受伤。说到这里,还有一件事值得注意:一个人只有在应对琐事时才能暴露真实的品格——因为那时他多半会放下戒心。小事常常让我们有机会观察到一个人的自私,他可能会将他人弃之不顾;一旦小事和举止中暴露了他们人格上的缺陷,你会发现在大事上也同样指望不上他们,虽然他们可能会拼命掩饰这一点。因此,我们不该忽略小事。如果在日常事务中——生活琐事,即"法律没有顾及的事情"——某人的言行不顾及他人,见缝就钻,损人利己,只做对自己有利的事,只方便他自己;如果他常常侵吞公共财产,你可以确定他的内心毫无公正可言。总之他就是个无赖,只不过还受法律的约束罢了,不要给他任何的信任。一个人若是肆无忌惮地破坏自己圈子里的规则,一定也会钻国家法律的空子。

假如普通人的本性都是善大于恶,相信他们公正、忠诚、懂得爱与同情、知道感恩,进而依赖他们,而非利用他们的恐惧,这倒也没什么错;但事实并非如此,他们本性里恶的成分更多一些,所以别对他们寄予厚望,而是要利用他们的恐惧。

要是和我们有关系的某个人表现出让人不悦的、烦人的人格特质,我们只好反问自己:这个人值得我们容忍吗?因为你要知道,反复纵容只会让他们变本加厉。如果答案是肯定的,那倒也没什么可说,说了也没什么用。我们只能默默忍受,等待事情过去;但是要知道,这样会让我们暴露在不停的冒犯与攻击之下。如果答案是否定的,我们必须与这个尊贵的朋友割席分坐;如果仆人对我们得寸进尺,就要解雇他,即使他保证不再冒犯,因为若是再有这种情形,他也肯定会做类似的事情。一个人忘了什么都忘不掉他自己、他的个性。江山易改,本性难移;人的行为源于内在的规则,不信去看看类似的例子,他总会做出相同的选择,而不是做其他事。这一点上,诸位可以参照我的一篇获奖论文《意志的自由》,好好研读之后,估计就会打消念头,不会再对别人抱有幻想。

和断交的朋友复合是一种懦弱,你会因此付出代价,因为他一旦有机会就会重蹈覆辙;甚至还能做得更差,因为他隐隐觉得你没了他就活不了。这条定律同样适用于你已经解雇却又让他再回来工作的仆人。

出于同样的原因,你不应该期待别人在一种情况下这样做,另一种情况下就会变好。事实上,人们确实会改变看法和举止,那是出于利益的考量;他们的屈从不过是一张短期支票,要是谁收下它,那才真是鼠目寸光。同样,假设你想知道把某人放在某个位置他会怎样做,就不该凭空想象或听他的口头许诺。

因为即使他很真诚,他对这一事态也一无所知。唯一能正确估计他行为的方法是:设想外部环境和他的性格冲突时,他会如何应对。

如果想对大多数人本性中真实的一面(往往是阴暗面)有清晰而深刻的认识(这很有必要),就得看一些有教育意义的书,比如文学巨著里人间的生活百态……你会得到有用的经验,避免对自己或他人有错误的认识。不管在生活中还是在文学作品里,如果你恰好碰到了一些卑鄙或愚蠢的败类,不必恼怒或因此郁闷,不如把这种见闻看作对自己见识的补充——你对人性又有了新的认识。你要端正态度,把这种经历看作矿物学家被一种特殊的岩石绊倒了。

当然,凡事总有例外,你很难理解这些例外为何发生,为什么人与人的差别如此巨大。但有个成语说得很对——世态炎凉。在野蛮国度里人吃人;在文明社会里人骗人,这就是世态炎凉!我们建立了国家机器,内政外交都有复杂的政治体系和强力法规——这些都是什么?不过是一些用来抵御人类本性中无边的邪恶和罪孽的壁垒罢了。以史为鉴，多少皇帝稳坐明堂，一旦百姓刚刚富裕，他便利用国家和人民的力量穷兵黩武，掳掠邻邦！哪次战争的目的不是烧杀抢掠？在远古如此，中世纪也是如此，被征服的人都沦为奴隶——他们被迫服务于那些征服者；而缴战争税的人何尝不是奴隶呢？他们不也付出了先前的劳动成果吗？

正如伏尔泰所说，"所有战争本质上都是一种掠夺"。德国人应该谨记这一点。

30

完全依靠自己，走自己的路，没人能拥有这种天赋；人人都需要通过预想来得到指引，或遵循某种普遍规律。但是如果做得太过头，他会显示出一种非天然的人格，会非常理性，不过这完全是后天习得的理性，人格也是后天进化来的。你会很快发现不能扭转先天的东西，即使你竭力驱赶天性，它还是会回来：

第三章　我们同他人的关系

你用耙子驱赶天性，但它总会折返回来。

想理解待人接物的准则，发现它们，并用细腻的语言表达出来，这本不难；但是很快你便发现，这些准则并不实际。但是你也不用沮丧，别觉得用抽象的想法和准则去规范生活是一件不可能的事，还是顺从你的意愿去生活吧。这里我要说明的是，要用这些理论指导实际，首先要做的是去理解这些准则，其次要学会学以致用。只要稍加思考，你会立刻明白这些理论，但是活学活用需要时间，需要一个过程。

一个初学者演奏乐器，会依靠指法或琴键；但不管他多努力，依然会出错。这时他如果开始看琴谱，就容易陷入一种误区：觉得自己找不到规律。但如果他勤加练习，依然会完善自己，虽然过程磕磕绊绊。其他事也是这个道理，敢于尝试就会趋向完美；学习拉丁语写作和口语时，人们可能会忘记语法规则；只有坚持练习为人处世，傻子才会变成朝臣，愣头青才会变得精明世故。只有练习处世，才能让坦诚的人变得有所保留，让矜持的人变得尖锐、犀利。虽说这种自律是长期养成的结果，但一般都是外界强加给我们的。大自然从没停止过忍耐，它常常带给我们意想不到的结果。符合抽象原则的行为和出于自然本性的行为，两者的区别就像一件工艺品和一只活的动物间的区别——前者就像一块手表，无论外观还是内在构造都由人为拼凑；后者的外观和内在是一个不可分割的整体。

拿破仑曾说过一句格言，阐明了后天养成的性格和天性的关系，也证明了我说的"一切非天然的都不是完美的"——这条原则在精神和肉体方面都有广泛用途。我唯一能想到的例外就是砂金石[1]，一种矿物学家都熟悉的物质，天然砂金石可比不上人造的。

这种关系让我感慨：我们不该伪装自己，不该矫揉造作。首先，伪装是为了欺骗而生，往往源于恐

---

[1] 砂金石是一种罕见的石英，一般产自穆拉诺岛，也指仿制该石英的褐色玻璃。——编者注

惧，是懦弱的一种表现，因此伪装做作总会引起别人的鄙夷；其次，伪装意味着人要扮演他人的角色，往往会装成自以为更好的样子，因而也会让人陷入自责。搔首弄姿，假装具有某种品质，实际就是承认自己还没有这种品质。一个人吹嘘自己有什么，不管是勇气、勤奋、智慧、才能，还是异性缘、财富、社会地位，你都可以得出以下结论：他吹嘘什么，就缺乏什么。因为一个人如果很有能力，就不会想到要去炫耀、去显摆；他知足常乐。有句西班牙谚语说得好："啪嗒作响的马蹄铁，肯定少了一颗钉子。"尽管如此，正如开头所言，没人应该对自己的本性放任自流，直白展示自己的本来面目，因为我们有必要将我们本性中邪恶兽性的一面隐藏起来。这从反面说明了我们有理由伪装自己，但是假装拥有不具备的品质和能力绝没有什么正面价值。而且，我们要记住，在人们还没搞清楚自己要伪装成什么的时候，伪装就已被识破。最后要说明一点：任何伪装都不能维持太久，假面具终究会被揭穿。塞涅卡说："无人能永远戴着虚假人格的面具，人的天性总会暴露出来。"[1]

31

一个人背负着自己身体的重量却浑然不觉，但想移动别人，就会瞬间感觉到他人身体的重量；同样，一个人可能将别人的短处或罪恶看得清清楚楚，对自己的缺点却熟视无睹。上天这样安排，有一个好处：它让别人成了自己的镜子，一个人看到别人身上的堕落、缺点、没有教养的可憎嘴脸时，他多半也有这些毛病。这个古老的故事也说明了这一点：一条狗冲着镜子汪汪叫，它在镜子里看到的是自己，而不是想象出来的狗。

有些人批评别人，同时也在改进自身。这些人养成了仔细观察别人言行的习惯，严厉评判这些人的作为与不作为，因此用以自省和自我改变，努力让自己更完美：这种人有足够的公正感，或者说至少

---

[1] 《论仁慈》第一部。

有自尊和虚荣心，会尽量避免自身出现他们严厉谴责的那些恶习。但是有些人正相反，他们宽容自己的同时也原谅别人。而《圣经》中的话语普遍适用——"只见他人眼中刺，不见自己眼中梁。"眼睛的本质属性是看别的东西，而不是观察自身；因此注意和责备别人的过错，未尝不是一种自省的方式。我们需要一面镜子来检查自己的道德外衣。

在写作和艺术创造中也是如此。如果你不挑别人作品的刺，反而称赞文笔或艺术风格上的拙劣之处，那你就会模仿他。这就是文笔拙劣在德国蔚然成风的原因。德国人是一个宽容的民族——人人都能看到这点！他们的至理名言是——我们乞求自由，同时也施舍别人自由。

32

一个拥有高贵品质的人，在年轻时总以为人之间普遍的交往，或者说影响人之间的关系的结盟，是建立在性情相投、品位一致或共同思想基础上的。然而，这种想法实质上太过理想主义了。他很快就会发现，这种结盟往往出于现实的考量，是建立在共同的物质利益的基础之上的。这是所有结盟的真实基础。不仅如此，人们甚至不知道其他的结盟方式。相应地，我们会发现人们往往以社会性衡量一个人，比如他的职业、国籍或家庭背景——总之，是他在世俗生活中被分配的地位和属性，他被当作某种商品来看待。大众从不会以一个人本身来看待他，我指的是不去衡量他的个人素质，除非在他对你有利的情况下。很少有人在说到他的本质时会抛开他真实的一面；同时，往往是在他令人不悦的时候，我们才能看到他的本质，现实就是如此。一个人本身的价值越大，就越不容易在世俗生活中攫取快乐；他会离开这些地方，避免被世俗价值评判。这些社会属性、世俗价值的存在，完全是因为我们的精神本身是贫困的——所以，那些看似重要的世俗生活，最终沦为一种消解我们精神贫困的方法。

第三章 我们同他人的关系

33

这世上流通的货币是纸钞而非真金白银;自尊和友谊也是如此,这世界上流行的并非真正的自尊和友谊,而是做尽了表面功夫的装模作样和虚情假意。

另一方面,我们应该诘问,是否有人配得上"真金白银"。要我说,比起人们虚伪的示好,我更尊重一条摇尾巴的忠犬。

真正实在的友谊的先决条件是对彼此的同情,彼此分享喜乐忧伤——这种感情是客观的、发自肺腑的,与利益毫无瓜葛;这意味着我们在对方身上找到了一种绝对的自我认同。人类的自我中心性和这种认同全不相容,所以真正的友谊就像某些东西——比如深海巨蛇——谁知道是传说还是真的呢。

然而,多数情况下,人之间确实有零星的一点儿真实的友谊,当然,普遍而言,其本质上还是掺杂了某些个人利益——自私可以伪装成友谊。但是这世上没什么是完美的,有些人竟敢把这种虚伪的关系称作友谊,甚至是伟大的友谊,这也是那么一点儿真实情感的美化误导的。这种被误认的所谓伟大友谊,实际上是这样的:如果你听到朋友在背后怎么议论你,你可能理都不想再理他们了。

如果朋友为了帮助你而做了很大牺牲,他的感情自然天地可鉴。此外,只有一种办法能检验感情的真假,就是看他们听到你遭遇不幸时的反应。那时,他们的表情会暴露出真实的想法,可能是真心同情你的遭遇,为你感到惋惜;也可能很镇定、无动于衷,脸上掠过一丝同情之外的神情。这也验证了拉罗什富科的至理名言:"当身边朋友发生不幸时,我们总能感到一丝不悦之外的情绪。"实际上,在这种情况下,"普通朋友"会发现自己很难压抑窃喜之情,而从嘴角露出一丝微笑。如果你告诉别人自己最近受了什么挫折,或毫无保留地暴露自己的某种弱点,肯定会有人因此心情大好,没什么比

第三章 我们同他人的关系

这更能引发窃喜的了。人性的这一面多么令人作呕啊!

虽然有人不愿意承认,但距离和时间会损伤友谊。久违的朋友,即使是至交好友,感情也会被时间洗刷冲淡,朋友会变成一个抽象概念;我们对他们的兴趣也越来越不掺杂任何感情——甚至说,对他们的关心成了一种习惯。朝夕相处的人却不是这样,即便是天天见面的宠物,我们都会倍加宠爱。这表明人受感官因素的制约,歌德认为身边的人和事是影响人的主要因素,他在《托尔夸托·塔索》中写道:

> 此时此地的陪伴,是威力无比的女神。[1]

"家庭之友"[2],这一说法很贴切。他们都是家里

---

1 《托尔夸托·塔索》第四幕第四场。
2 家庭之友(德语:Hausfreund),这里指出入主人家的熟人,暗指妻子的情人。——译者注

的宠儿而不是主人,换言之,他们是猫而不是狗。

你的朋友会假装对你很忠诚,但其实对你而言,只有敌人才"忠诚"。如果敌人对你责难,你就把它当成自我认识的途径,良药苦口利于病。

俗话说"千金易得,至交难求",有时恰恰相反:还没等你交定一个朋友,他就开始"患难"了,我是指跟你借钱什么的。

34

一个人如果想靠展示才能和言辞犀利让自己在社会上受欢迎,他显然还不谙世事。对于大多数人而言,你展示这些优良品质,只会激起他们的反感和憎恨。其实那些人不会表现出来,他们甚至不想让自己知道这股无名之火的真实原因,因而这种憎恶会越来越强烈。

实际的原因是这样:一个人与另一个人谈话时,

他会因发觉对方智力上的优越而愤怒。[1]

他会隐隐觉得,对方肯定认为他的能力有限。这是一种诡辩,一种三段论式的理性,他的内心因此抱有敌意、愠怒、恶意甚至极度憎恶。至于如何让别人喜欢自己,格拉西安[2]说得好,你得表现出动物般单纯的言谈举止:"唯一能取悦别人的办法,是披上傻瓜似的皮毛伪装自己。"

暴露你的聪颖和敏锐,只是一种间接使愚笨无能的人不悦的方式。此外,一个庸俗的人听到任何反对意见都会怒火中烧,这很正常;这种情况下,他对你的敌意完全因嫉妒而起。因为要是什么事满足了

---

1 见《作为意志和表象的世界》第二卷,第256页。这里我引用了约翰逊博士和歌德少年时的朋友默克的对话。约翰逊博士说,一个人若是在谈话中表现出其智力胜人一筹,没什么比这件事更让他成为众矢之的了。人们当时可能没有显露不悦,但是嫉妒早让他们在心里谩骂诅咒对方了。

2 巴尔塔扎尔·格拉西安(1584—1658),西班牙散文家、神学家,其作品大多是对生活百态中的人物观察。包括叔本华在内的很多人对其世俗哲学非常崇拜。叔本华把他的作品《智慧书》译成德语,书中包含了如何生活的准则。——编者注

建议与箴言

人们的虚荣心,那没有比这更令人愉快的了,人们早已对此司空见惯;不和别人攀比,虚荣心就得不到满足。现在,没有比高智商更让人骄傲了,因为高智商赋予了一个人在动物世界里居高临下的地位。如果你让任何人看出来你比他智商高,甚至还让周围人也察觉到这点,这就是最鲁莽的事;他肯定急于报复,想方设法找机会羞辱你,因为这可以跳脱思想智力领域,进入人人平等的意志的地盘,你敌视我,我更看不上你。这就是为何人们在社会上对有钱有地位的人恭恭敬敬、俯首帖耳,这是智力领域范围之外的事;没人在意你的智慧敏锐就谢天谢地了,可不要指望得到什么尊重;要是人们注意到了,只会觉得你这样做非常鲁莽,或是根本没有正当权利这样做,他们会觉得你有什么权利为此感到骄傲;为了报仇雪恨,人们会在背地里以其他的方式羞辱你;如果他们愿意为此等待,肯定会等到时机成熟再动手。一个人就算言谈举止再谦卑,要是他表现出比别人聪明,那也免不了遭人嫉恨。萨迪在《蔷薇园》中这样写道:"你要知道让蠢人去见聪明人,他会有一百个不愿意,而一群蠢人里面掺杂的聪明人只会让蠢人们厌恶。"

另一方面,虽然我们应该表现得愚蠢一些,但也有一个忠告——就像温暖会让身体舒适,感受自己智力的优越会让人精神愉悦;人们会结交比自己蠢的人当朋友,以便感到智力上的优越,这是一种本能倾向,就像想取暖就找火炉或去晒太阳。但是这也意味着,对方也会因为他显露优越感而讨厌他;如果一个人想要得到他人的喜爱,就必须在智力上不如人;如果一个女人对另一个女人有好感,对方多半相貌平平,也是这个道理。见到某些人时,你得先证明自己确实不如他们——那真是太难了!

想一想女人们,相貌端正的女孩对一个丑女肯定会笑脸相迎。男人之间的攀比则非如此,虽然你宁愿被矮子衬托着,也不愿旁边坐一个更魁梧的男人把你比下去,但是外形的优势并不是很重要。这就是为何在男人堆里愚蠢的特别受欢迎,而女人堆里丑陋的人缘更好。[1] 这就是为何大家都说这种人是好人，本来他们根本不把这种人放在眼里，他们就是找了个借口——让自己甚至别人都对这种"好人"受欢迎的真实原因视而不见。这也是为什么在任何领域或以任何方式显露高智商，都会使得一个人陷入孤立境地；人们远离他，是因为真的恨他，为了给自己的嫉妒找借口，他们会对他议论纷纷。男人攀比智力，女人攀比相貌——你会发现美女都没什么同性朋友，甚至仅仅找个女孩做伴都很难。美女可千万别应聘去侍候贵

---

1 如果你想在世上前行，朋友和熟人是通向成功的捷径。一个人若本身就很有能力，他会骄傲，不屑于奉承、讨好那些能力低的人，出于这一点考虑，在那些人面前最好别表现得太有能力。如果一个人觉得自己智力有劣势，可能反倒会和那些谦逊友善、容易相处的人合得来，也不排斥卑鄙、一肚子坏水的人。这就是低智的人广交朋友的原因，他们也因此能得到很多人扶持、鼓励。

以上观点不仅适用于政治生活，还符合荣誉尊严的争夺，甚至也在科学、文学和艺术领域对名望的攀比中起作用。比如在学术团体里，崭露头角的永远是一些庸才，因为大家都容易接受；而锋芒毕露的人往往受到怠慢，晚些才得到认可，甚至根本不会有人推崇他们，其他领域也是如此。

妇，因为她一进屋，未来的女主人就可能因为她的美貌而沉下脸来。不管为了她自己还是她女儿，这种愚蠢行为应该避免。而如果一个女孩社会地位高，事情就不同了；社会地位与个人品质不同，后者通过对比产生影响，前者则更像是照镜子。人们乐意与地位高的人为伍，因为脸上有光，就像环境的色彩会映照在人的脸上。

35

我们对别人的信任往往出于自身的懒惰、自私和虚荣。懒惰，是因为我们宁可相信别人也懒得发问，自己去考察真相；自私，是因为我们为自己的事备感压力，所以随意泄露秘密；虚荣，是因为我们在透露某件事时总觉得很自豪。然而，尽管我们懒惰、自私还虚荣，我们依然期待别人不辜负我们对他们的信赖。

但是如果反过来，别人不信任我们，我们也不该因此生气：因为这意味着他们知道忠诚是件稀罕物——非常罕见,以至于让我们怀疑它是否存在,是否只是一个传说。他们能这样想,就是对忠诚的尊重和赞美了。

36

礼,被中国人视为最基本的品德,有两点原因,我在《伦理学的两个基本问题》中解释了第一个原因。另一个原因是:人们保持礼貌,就等于默认我们该无视人类可怜的缺陷,无论是道德败坏还是智力低下,它们也不该成为被谴责的对象;因为无视和忽略让这些缺陷不那么明显,结果对大家都有好处。[1]

因此,保持礼貌是明智的,言行粗鲁是愚蠢的。

---

[1] 引自《伦理学的两个基本问题》第四卷第187、198页。叔本华解释说,人们保持礼貌是为了粉饰人性在日常琐事中的利己主义,礼节、规矩都属于传统,也具有系统性:人们吃相丑陋,因此需要这样的方式来隐瞒。表面的礼貌和真正的喜欢也类似这种关系,法律约束下的公正和人内心的正直,前者是表面的,有很多漏洞;后者则是实在、坚固的。——编者注

非必要的或故意的不礼貌,会给你制造很多敌人,这和烧了自家房子一样不理智。因为礼貌就像游戏的筹码——不是真钱,对假钱还吝啬那就太愚蠢了。明智的人,会大大方方去花这笔钱。不同国家的人都习惯在信的末尾这样写:您卑下的仆人。(有人说德国人才会这样用"仆人"一词,谁都知道这不是真的!)然而,如果过于礼貌以至于损害了自己的利益,就等于在游戏里浪费真金白银。

蜡是一种本质上坚硬易碎的物质,稍加温暖就变得柔软,可以被你捏成任意形状。同样,你可以对人礼貌友好,这样即便他们脾气暴躁、心肠歹毒,也会被你的礼貌融化,变得亲切可人。因此礼貌对人性的作用,就如同温暖对蜡的作用。

当然,想要保持礼貌绝非易事;我是说,礼貌要求我们必须尊重每一个人,但是大多数人根本配不上这种尊重;礼貌还要求我们装作对人们很关心,而同时如果他们与我们并无关系,我们又真的应该庆幸。保持礼貌的同时又不失自尊,这就是智慧的最高境界。

我们不应该因为受到侮辱而大发雷霆——受到侮辱的意思是，我们没有受到尊重——前提是一方面，我们没有高估自己的价值和尊严，即我们没有自视过高；另一方面，我们已经做出清楚的判断，而且会将这种判断在心里传递给他人。大多数人痛恨别人的责怪，即使只是稍微暗示一下，你都可以想象他们无意间听到熟人对自己的评价时会多么不高兴了。你应该谨记一个事实：平时的礼貌只不过是笑里藏刀的面具。假如别人对你有些出言不逊或照顾不周，流露出一丁点儿不尊重，你也没必要大声叫嚷。如果一个人特别无礼，就等于当众脱了衣服，赤条条站在你面前。这种情况下，他不过是一条可怜虫，不会有人喜欢他。

37

判断自己该做什么、不该做什么，不该以他人为标准；因为两个人所处的地位和情况都没有可比性，不同的个性使得每个人做事风格也不尽相同。因此，两个人做同一件事情，结果一定不同。当一个人经过深思熟虑，想好要做什么的时候，一定不要违背自己的个性。

结果就是，他在实际操作中总是有原创性，一个人的所作所为离不开他本身。

38

永远不要驳斥别人的观点，即使你有玛土撒拉[1]那么长寿，也不可能纠正所有他坚信的荒谬想法。

我建议你最好避免在谈话中纠正别人的错误，不管是不是出于好意；因为那样会冒犯到对方，使其不悦，而且关系损害之后很难修复。

如果你偶然听到两个人的谈话里有什么荒谬的言论，也别急着气恼，你应该把他们想象成戏剧中的

---

[1]《圣经》中的人物，以寿命最长著称。据《创世纪》记载，活了969岁。——编者注

两个丑角。

一个人来到这世上，觉得他可以在大事上教训别人，这种人如果还能全身而退，那真该谢天谢地。

39

如果你希望别人认同你的观点，那么表达时就该持重、冷静，而不是慷慨激昂地去说服别人。所有的激情都来自意志，因此如果你表达观点时反应激烈，人们只会将其视作意志而非智识的产物；与前者不同，智识的本质不带感情色彩。因为意志是人性中的原初因素，未经过进化，而认知只是后天习得的次要因素。所以，如果你激动地表达一个观点，人们更可能相信它是出自你意志的激动，而不会认为这种激动只是源于你的观点本身的激进。

40

即使你有理由夸耀自己,也不要被人误导这样做。因为虚荣很常见,而真才实干不常见。所以如果一个人好像在夸耀自己时,即使夸耀的方式非常间接隐晦,大家也很可能会打赌他这样做肯定是出于虚荣心。他肯定没意识到自己有多丢人。

尽管如此,培根的话还是有几分正确。他说诽谤就像你往别人身上泼脏水,还是会溅到自己一点儿。自夸也是如此。培根说:"适度的自我赞美也是有必要的。"[1]

41

如果你有理由怀疑某个人在说谎,就让他误以为你特别信任他。假装的信任会让他继续撒谎,然后

---

[1] 指培根《论科学的增进》中的一段话。——编者注

变本加厉,最后露出马脚。

同样,如果你觉得某个人向你隐瞒了什么,但还没得逞,你可以假装自己不相信他,这样反倒会激发他说真话的冲动,打破缄默,赶紧调取所知的信息来博取你的信任。

42

你应该将私事视作机密,与私事相关的事情也是。对待熟人要像对待陌生人一样,即使你和他们关系很好,也不要主动透露给他们什么隐私。随着时间的流逝,环境的变化,你会发现即便他们知道没什么大不了的,对你也是不利的。

一般情况下,想表达什么的时候最好什么也别说,而不是嘴没有把门的;沉默是深沉精明的表现,而言谈里总会带有一点虚荣。展示自己有这样那样的能力,这样的机会多得是;而我们宁愿逞一时口快以满足我们转瞬即逝的虚荣心,也不愿用沉默来确保我们的秘密不会成为自己的软肋。

有些人很活跃,没人听的时候也喜欢大声讲话,释放自我,这种毛病不该被惯着,以免养成习惯;不说话好像就无法进行思考,而谈话被降格成了大声喧嚷。我们想要做到精明处世,就该在想和说之间画出一条清楚的界线,不该想到什么就说什么。

有时候我们觉得有些事实真相影响了我们的个人利益,别人根本无法信任、无法理解,而事实上,他们从未怀疑过这种影响;但是一旦我们让他们有一丝怀疑,他们就会发现根本不可能再相信我们了。我们经常因为泄露天机而出卖自己,仅仅是为了博取人们的关注——换言之,就像一个人失去理智地纵身一跃,仅仅是因为他觉得自己不会再站稳了;他的处境带来的折磨太大,他觉着不如破罐子破摔。这就是恐高症,一种精神疾病。

我们应该知道某些"聪明人"在其他方面没有丝毫洞察力,却是研究别人隐私的专家,尽管这些私事和他们毫无关系。有一种逻辑演算人们很在行:有一点儿信息,他们就能解决最复杂的问题。所以要是你想提起某件有些久远的往事,即使没提到任何人名,也没暗示你要说的某个人,你就要当心了,千万别在话里指名道姓地说某一具体事件。不管多久远的事,不要提到某个地点、日期或是人名,和这件事关系不大的事也不要提;因为这会立刻让这些人有机会去查个明白,他们在这一领域可是高手,很快便会打听到事情的全貌。他们在这些事上的好奇心成了一种热情:他们驾着"智慧的马车",快马加鞭地赶到最遥远的目的地——就是他们要打听的你的隐私。普遍真理对这群人丝毫没有影响,个人隐私却让他们热情洋溢。

这不仅仅是我的建议,所有自称处世哲学家的专家都会如此建议:我们急需锻炼沉默的能力。他们还会给出很多理由,比如为何我们应该多观察别人的沉默,我对此就没必要再多谈了。但是我还必须补充几句阿拉伯谚语,放在这里非常合适:

如果要向敌人隐瞒,也别透露给朋友。
如果我缄默不言,秘密就是我的囚徒;
如果我走漏风声,我就成了秘密的囚徒。
沉默之树会结满和平之实。

43

我们被骗走的钱花得最值,因为一次就买到了教训,学会了精明。

44

我们要尽可能避免对任何人抱有恨意。但要仔细观察一个人的言谈举止,谨记这些可以助你衡量他的价值——无论是社会价值还是你个人的价值——相应地调整你们的关系;永远不要无视一个事实:人的品质无法改变,忘记一个人品质的卑劣就相当于把辛苦挣到的钱拱手让人。因为记住人的劣根性，你才能保护自己，避免轻率地与人亲近或称兄道弟而受伤害。

既不爱，也不恨，这话涵盖了一半的处世哲学；而沉默不语、不信任任何人，则涵盖了另一半。事实上，这个世界充满了谎言、欺骗、不信任和幸灾乐祸，我们该背弃这种规则，而不是热爱它。

45

大发雷霆，怒形于色，这完全没有必要，只会给你带来危险，让你显得愚蠢、可笑又粗鲁。

愤怒和怨恨都不该写在脸上，只能表现在行动上；只有避免显示出愤恨，才更可能在行动上完美无缺——在动物界，只有冷血动物才有毒。

46

说话时不要语气太重，尽量平淡。这是最明智哲人的处世规则。这意味着你应该让别人发掘你话的意思;庸人的理解力是迟缓的,他们还没理解时,你就已经讲完了。此外,如果你想强调自己的意思——抑扬顿挫往往只是诉诸情绪,结果往往和你所期待的相反。即使你实际上在羞辱某些人,但是只要保持举止谦卑,语气礼貌,你也不会马上得罪他们。

第 四 章

世俗的财富

第四章　世俗的财富

47

人类命运的模样千变万化，纷纷都指向当下。人生都是转瞬即逝的碎片，无论它掠过的是茅屋还是宫殿，是军营还是修道院。随便你说出什么环境，管他是奇异的冒险、成功还是失败呢！生活就像一间糖果店，充满了各种色彩缤纷、奇形怪状的糖果——不都是用一样的糖浆做成的吗？所以，当人们谈论一个人的成功时，也要知道他也失败了很多次，成败都是一个人的际遇。而世上的不公平就像万花筒，当你把眼睛凑近筒眼，每转一下就会看到一幅崭新的画面，但它实际上只是随处可见的碎玻璃。

48

有一位古代作家曾经中肯地说:"世上有三种强大的力量——睿智、坚强和运气。"我认为第三种最为重要。

人的命运就像大海上的风帆,而运气就是风,好运会推着我们快速行驶一段航路,而厄运会误导我们,让我们偏离原先的航线。一个人为自己做的事收效甚微,就像船舵,持续发力确实有助于船的航行,但突袭的暴风会一下子打乱航向。相反,如果风向对了,船不用引导就会顺利前行。关于运气的力量,有句西班牙谚语说得好:"祝你的儿子好运,然后把他扔进大海。"

然而也许有人会说,机会是一股邪恶的力量,我们应该尽可能避免任其摆布。如果在什么地方有哪个恩赐你机会的人,在恩赐你礼物的同时含糊地告诉你,你无权拥有这么好的运气,你应该对他感恩戴德,而不是误以为自己有什么功绩而应得奖赏——这时候你就要珍惜别人的施舍了,恭敬地接受吧。能像这样施舍我们并不应得的礼物之人,除了运气本身还会有谁呢?它懂得运用君王的气派和统治艺术,让接受它恩赐的我们明白:在它的恩赐面前,所有个人功绩都是徒劳的。

人的一生就像走迷宫,走了很多弯路,犯了很多错,但回顾这一生,一个人会看到幸运女神很多次都没有眷顾他,厄运瘟神却时常骚扰他。我们很容易陷入过分自责,但是要记住,人的一生绝不全是自己的造化,而是两种因素的产物——他身上发生过的许多事情和他对此的反应和决定,这两者相互作用、互相影响。此外还有一个影响因素,就是人的短视,无论是采取计划时没能看得够远,还是他缺乏预测未来的能力:一个人的认识总是受限于眼前的计划和事件。因此,即便一个人目标远大,他也无法向着自己的目标笔直前行;要是没走太多弯路,他就应该庆幸;即使他觉得自己能走什么捷径,也一定会遇到风阻。

建议与箴言

人能做的不过是审时度势,改变自己的决定,寄希望于向最终目标更进一步。而通常情况下,我们所处的位置和我们的目标,就像两个矢量,朝着不同方向使着不同的力气;我们的生活轨迹就是两者的对角线,或者说它们合力作用的结果。

泰伦斯说过,"人生就像掷骰子",假如结果不是你想要的,你仍可以想办法好好利用它[1]。或者更简单地说,人生就像打牌,命运会控制洗牌的过程。但是就我而言,最恰当的比喻是"人生如棋局",我们决定好的计划会由于对手出招而改变——在生活中,与我们博弈的往往是命运无常。我们常常被迫变招,以至于真正该出招时,原先的计划早就被彻底打乱了。

除此之外,我还会感知到生活中另一个最重要的影响因素。虽然是老生常谈,但经常一针见血——我们往往比自己想象中更愚蠢。但是,我们又往往比

---

[1] 他指的是类似西洋双陆棋的游戏。

自己误以为的要聪明。只有符合这种情况的人才会察觉，但是往往时过境迁，很久以后才会发现。我们的大脑不是身体上最聪明的部分。很多时候，一个人要踏出关键一步时，行动往往不是靠清晰的思路引导，他并不清楚该做什么，他的行为完全是被一种内在的冲动驱使，也可以称其为直觉——来自他存在的最深根基。过段时间，他又开始用抽象标准批判自己的行为，而这些是非标准都是固定不变、生搬硬套甚至道听途说的。如果他开始把这些普遍规则，即别人的准则，用在自己身上，而没有充分思考这句格言（汝之蜜糖，彼之砒霜），对自己就是不公正的。事情总会水落石出，只有人过不惑乃至知天命之年，才有能力对自己和他人的行为作出公正判断。

这种冲动或直觉，是一种类似梦境的无意识状态，它带给我们预言，一旦醒来就会忘记——正是无意识赋予了我们的生命始终一致的基调，一种戏剧化的同一性，而这恰恰是意识无法做到的。意识只会带给我们反复无常、不稳定的片段，只会让我

建议与箴言

们误入歧途,拨错琴弦。一个人会感受到某种伟大事业的召唤,从而致力于某个领域。他从幼年起就感知到内心神秘的声音,听它细语"这就是你要走的路",而这都是梦境预言的功劳。这种冲动就是格拉西安所说的"强大的是非洞察力"(la gran sindéresis)[1]——这种洞察力是一个人直觉的感知、灵魂的救赎,人一旦缺少这种洞察力,就会迷失自我。

按照抽象规则去做事很难,需要大量练习后才可能偶尔成功。经常会出现这样一种情况:这些准则在你身上的个案并不适用。但每个人都有内在的判断力——而这种无意识中的准则难以阻挡,就像血液在血管中流淌。其实这就是他的所有思想、感受和判断力的混合物。一般情况下,他无法对此混合物形成抽象的认识,只有当他回顾自己的一生时,才会意识到自己一直受到这股无形力量的牵引——就像被

---

[1] 这个晦涩的词源自古希腊语 sugtaereo,意思是"严谨观察"。——编者注

无形的风筝线牵着,本身并没意识到线的存在。

49

我们不该忘记一个事实,时间会让一切沧海变桑田,所有事情在本质上都如白驹过隙。因此,不管你处于何种阶段,最好能反向思考:富裕时要想到落魄,友谊中要想到反目;风和日丽里要想到乌云密布,爱有时可以生恨,暂时的信任会转眼背叛,让你悔不当初。反过来也是一样,困窘时要多想欢乐的时光——这是真正的处世哲学延续不断的源泉!我们应该经常反思,不要轻易被眼前之事蒙蔽了双眼;因为总的来说,我们应该预见到:时间可以改变一切。

可能没有什么知识能像个人经历那样需要认识到一个事实:世界上的任何事都是不稳定的、瞬息万变的。没有什么看起来是无用的,它们都在自己的位置上存在了一段时间,所以我们觉得它们的存在合情合理；正是这一点，让我们觉得在任何时间、任何情况下，它们都有权利继续存在，直到永远。但是我们知道事实并非如此，这世上的一切都有如昙花一现，唯有变化本身才是永恒。一个明智之人不会被表面的稳定所蒙蔽，甚至还能预见事情变化的趋向。[1]

但是，通常情况下，人们会以为眼下的状况会持续下去，未来不会有什么变化，只是过去的重复。他们的错误源于一个事实：他们并不理解眼下之事的起因——这些起因和事情的结果不同，本身就蕴含着变化的萌芽。人们只知结果，所以坚持认为足以造成现状的未知因素也能维持现状。这是人类认识上的普遍错误，事实上，普遍错误并不简单，人在合

---

[1] 一个人为了躲开很久以后的危险牺牲眼前利益，但是事情很可能有了新的变化或不可预知的发展，危险竟然消失了；这种眼前的牺牲不仅是白白的损失，还使得事情完全变了样，因为这样做无疑是在事情新的发展面前埋了一个地雷。所以，在预防危险、采取措施的时候，不要看得太远，要把诸多可能性考虑在内；大胆应对挑战，心里默念，即便电闪雷鸣，也会有保证自己安然度过的方法。

唱时也会犯错；而这些错误引发的灾难和不幸带来的结果是类似的，人们会轻易容忍这些普遍错误；然而，若是哲学家犯了和别人不一样的错误，人们就很难容忍他。[1]

但是，当我谈到应该预见时间的影响时，我是说我们应该在脑海中想象未来可能的样子；不是说立刻就得付诸实践，兑现承诺，抢先一步阻止时间带来的后果，因为时间总会言出必行。谁要是这么做了，就会发现时间是最恶毒的高利贷者，如果强迫它预支给你，后面你会付出高额的利息，任何精明的犹太人都不会这样算账。比如，如果用人工调节温度和催肥强迫一棵树突然枝繁叶茂，几天内就能开花结果，树叶很快就会凋零，树会枯萎。同理，如果一个年轻人挥霍精力，十九岁就去尝试三十岁才能应付的活儿，哪怕才干几周，时间就会催他

---

1 这里插一句，这些原则在《作为意志和表象的世界》第一卷里都有详述。人们总是在推断时犯错，将一件既定的事实归因于一个错误的原因。

还债,而他后面要还的精力,本是他生命的一部分,这就是自食恶果。

想让有些病完全康复,或许只能任其发展;放任自流,病征或许会消失得无影无踪。但某些患者非常没有耐心,明明染着疾病,非说自己完全康复了。这也是一样的道理,时间会放出高利贷,让他迅速摆脱疾病;但是很快,长期的虚弱和慢性病的折磨就会找上门来,这都是他应付的利息。

再比方说,在战争或动乱中,一个人需要一笔现钱,可能不得不以三成甚至更低价格贱卖土地或公债。事实上,他本可以等到市场恢复,那是早晚的事。但他却强迫时间发放贷款,他的损失就是他必须付出的利息。再者,假如他急需用钱去长途旅行,如果等上一两年也会攒够钱,他却等不及;他要么只能管别人借钱,要么只能变卖资产;换言之,他就是想预支时间,利息就是资产混乱、无限增加的赤字,还有永远无法填补的空洞。

这就是时间发放的高利贷,等不及去借贷的人都成了牺牲品。只要想改变时间的脚步,都要付出昂贵的代价,因为时间有它自己的节奏。要小心,别成了时间的借贷人。

50

在生活中,你经常会发现庸人所谓的精明和智者所说的谨慎有天壤之别。在评估任何工作上的风险时,普通人只会质疑自己遇到过的风险;而智者看得更远,会考虑好未来可能发生的一切,就像西班牙谚语所说:"一年都没发生的事,总会在几分钟内发生。"

当然质疑的事情各有不同,这很正常,因为预见未来需要一定的洞察力;而看到过去发生的事,需要的仅仅是感官。

别忘了去供奉邪灵。我是说,如果破财免灾、牺牲舒适,甚至压抑野心、否定自己,就能将不幸拒之门外,那你可千万别犹豫。最可怕的不幸往往最出乎意料——就是那些不太可能发生的事。我所建议的处事原则已经得到了事实验证,那就是买保险——大众给焦虑祭坛献上的供奉。所以,去买份保险吧!

51

不管何种命运降临在你身上,都不要失去控制、大喜大悲。部分原因是所有的事千变万化,不管是好运还是厄运都可能瞬间转变;还有一部分原因是人们容易被自己的判断力欺骗,分不清什么是好,什么是坏。几乎人人都曾经为某件事悲伤不已,事后却发现是件值得庆幸的事,或一度因为某件事欢天喜地,结果那件事成了他所有不幸和痛苦的源泉。至于什么是正确的心态,莎士比亚曾巧妙地描述:

> 我已尝遍世间的悲欢离合,
> 无论苦乐都瞬息万变,
> 再次面对何种情况,

第四章　世俗的财富

我都不会像女人一样多愁善感。[1]

总的来说，你可以这样讲：如果一个人默默承受着不幸，多半是因为他饱尝过生命中曾经遭遇过的苦楚，所以他把当下的麻烦看作可以预料的小事。这就是斯多葛学派的态度——别忘了人的宿命就是苦，要记住我们的存在本身都是悲哀和不幸——我们暴露于痛苦和万般不幸中。不管人的处境如何，他只须瞥一眼周围，就能感知到人类的不幸：他满眼都是人类在煎熬中挣扎的情形——这都是为了他们可怜、渺小的存在，尽管这种存在贫瘠、无用。

如果他记得这件事，一个人就不会奢求生活给予他太多东西，而是学会向生活妥协，适应一个事实——没有什么是绝对的，绝对的完美并不存在；永远直视不幸，而且如果无法避免不幸，那就勇敢面对。

1　莎士比亚《终成眷属》第三幕第二场。

永远不应该忘记,无论大小,不幸都是我们生活的必需元素。但是,人也没有理由沉浸在焦躁不安中不停地抱怨,不要像《人类生活的不幸》的作者贝雷斯福德[1]一样,拉长个脸,没有一刻不在怨天尤人;也不应该因为虱子叮一下就呼唤神灵。我们的目标应该是看到事情好的一面,或直面挑战以避免不幸,或转移视线,不去看令人不悦的事情,以达到相对完美的生活。不管这些令人不悦的事是周围有些让我们厌烦的人类,还是我们身体上的不适,我们都应该像一只狡黠的狐狸,逃过每次不幸布下的陷阱;要记住,每一次所谓的不幸,只不过是伪装过的小小的不便。

如果我们一开始就知道灾祸可能会来,并且未雨绸缪,当灾难发生时,我们就不会承受过多。或许

---

[1] 列夫·詹姆斯·贝雷斯福德(1764—1840),多面手作家,他有一本著作,全名为《人类生活的不幸:暴躁易怒的提摩太和多愁善感的萨缪尔之最后的呻吟,还有提摩太老婆的叹息》。——编者注

第四章 世俗的财富

是这样,在不幸来临之前,我们安静地思考过这件事,不管它能不能发生,我们已经对它的程度和影响范围心中有数,还至少能知道其影响对我们有多深远;这样一旦灾祸真来了,我们也不至于受到很大打击——至少不会把痛苦放大。但要是我们没做任何准备,遭到突然袭击,就会震惊得陷入暂时的恐慌,无法衡量灾祸的全部破坏力;灾祸的影响看上去是如此深远,以至于我们可能会觉得灾祸无边无际;但是不管怎样,灾祸的影响程度和范围都被夸大了。同样,黑暗和不确定都会增加危险的感觉。而且如果我们仔细考量过不幸的可能,就会在同一时间知道自己可以诉诸帮助和安慰的资源;或者至少能调整好自己的心态。

我们从一开始就认定什么事都可能发生——从小事到性命攸关的事都必然会发生,就会更沉着地应对不幸,挨过艰难时期。[1] 一个人如果认为什么事

---

[1] 这则真理我在《意志的自由》里有过详尽阐述,读者可以找到其所在根基的详尽解释,尤其是第60页的内容。

情必然发生、无可避免，就会迅速调整自己适应现实；而且如果他知道所有事都是必然的，就不会去想象还有其他可能，即便是世界上最蹊跷的事也是命中注定的，都有迹可循，这样任何事都不会超出你的预期。让我引用我在其他书中提到的话："所有的事都不可避免，是必然的产物，了解这一点让人宽慰。"[1]

谁若是对这一真理有了深刻的理解，就会首先做好分内之事，随时准备承受他的命运。

日常琐事常常让我们烦心，我们可以将其视作生活对我们的磨炼，这样遇到大灾大难时，我们就能够承受，也不至于因为太过安逸而失去承受痛苦的能力。人要像西格弗里德那样，面对日常琐碎的烦心事时全副武装——不管是我们和他人的不同、小争吵，还是他人不当的言行、邻里的闲言碎语等生活中类似的讨厌之事；我们都该感知到这些，更不应该往

---

[1]《作为意志和表象的世界》第二卷，第361页。

心里去，计较这些琐事，为之闷闷不乐；我们应该奋力地一脚踢开这些绊脚石；真的没理由去想它们，更不该花时间反复思考。

52

一般而言，人们常说的"这就是命"，不过是他们自己的愚蠢行径导致的后果。古希腊诗人荷马有一篇故事[1]很好地解释了这一真相是在赞美精明的议会，而他的箴言值得我们学习；如果说人们的邪恶行径将在来世遭到报应，那么愚蠢则会得到现世报——虽然有时人们的愚蠢会得到宽恕。

真正使人感到害怕的危险征兆并不是人的暴怒，而是狡黠；实际上，人的头脑是比狮子的爪牙更锋利的武器。

世界上最精明的人既不会优柔寡断，也不会莽

---

[1] 《伊利亚特》第二十三章。

莽撞撞。

53

想要得到幸福，必须得有勇气，在所有品格中，勇气的重要性仅次于智慧。真相是，没人能靠自己拥有哪怕是其中一种品质，因为这都是从父母那儿遗传来的，母亲赋予他精明，父亲则赋予他勇气；不过，即便已经拥有这些品质，他还可以通过不懈的努力做到更好。

这世界就像掷骰子，骰子灌了铅，我们也必须有钢铁般的意志，武装自己，面对命运的风吹雨打，为自己开辟出一条道路，不管有多少人反对。生活是一场艰苦卓绝的长期斗争，每走一步都需要拼搏；伏尔泰说得对："我们手握宝剑，直指前方，才能抵达成功，直至死亡都不能放开武器——懦弱的灵魂会因为地平线上出现一朵乌云或暴风雨即将来临就怨天尤人，畏缩不前，瘫倒在地。"而我们的座右铭应该是"永不言败"。让我们鼓起勇气面对不幸，而不

第四章 世俗的财富

是向生活的不幸屈服:

> 在邪恶面前不要让步,要勇敢地直面挑战。[1]

就算是最危险的事,只要一天悬而未决,结果都可能会变好,因此我们不该如履薄冰或想要逃跑——就好比只要能看见一点点蓝天,就不该觉得会下雨。我们要调整好心态,就算天塌下来也不该动摇:

> 要是天塌下来,
> 那些没有毁灭他的会让他更强大。[2]

如果一个人懦弱畏惧,就配不上生活本身——更配不上生活对我们的祝福。因此我们要勇敢面对任何生活中的不幸:

---

1 《埃涅阿斯纪》第六章。
2 《颂歌集》第三部第三首。

建议与箴言

要勇敢地面对生活,面对命运的打击。

但是,勇敢过度就会退化成鲁莽。甚至可以说,有点畏惧心是必要的,如果我们想要生活在这世界上,那么胆小懦弱一点也不过分。培根很好地表达过这一真相,他解释了恐惧的词源,并且要比普鲁塔克的解释更进一步[1],他将这一表达与痛苦(panic)的词根 pan 联系起来,意思是"大自然的人格化"[2];而且,他认识到所有生物天生就具有害怕的特质,并且有一直保持这种特质的倾向,但是这不代表它们的恐惧会被轻易触发。人类是最容易恐惧的生物,恐惧的最大特点就是对任何确切危险都没有清楚的概念;我们都是在假设危险,而不是在真遇到危险时感到恐惧;必要时,我们甚至会恳求恐惧本身充当恐惧的理由。

---

1 《伊西斯和奥里西斯》第十四章。
2 《论古人的智慧》。

第五章

人生的各个阶段

第五章 人生的各个阶段

伏尔泰曾经有一句妙语:"每个年龄段都有特定的心理状态,一个人的心理状态如果与其年龄不符,那他注定不会快乐。"所以,看看人生不同阶段给我们制造的机遇,对于审视幸福的本质很有必要。一生很长,但我们只拥有现在。不同的现在之间唯一的区别是:生命初始,我们看到的是遥远漫长的未来,而日薄西山时我们回首漫长的过去。虽然我们的性格不变,但是时间使心境有了一系列变化,让每个时间段的现在都蒙上了不同的色彩。

我曾在别处说过,童年的我们被教会更多去使用智力而不是意志,我已经解释了原因。[1] 正是由于

---

[1] 叔本华指的是《作为意志和表象的世界》第二卷,第三十一章,第 394 页。他在此处解释说,这是因为在人生这个时间段,大脑和神经系统比其他器官发育得更快。——编者注

这一点，人生的前四分之一是快乐的：我们在之后的岁月里回首童年，就像在看一座遗失的伊甸园。童年时，我们和他人的关系没那么复杂，需求也很少——总之，我们受到意志的刺激很少，所以主要关心知识面的扩展。头脑在人七岁时发育完全，智力也是在早期发生质的飞跃。[1] 虽然需要更多发育才能成熟，但我们的头脑会不停地探索周遭的世界，以汲取必需的养分——在那时，存在本身就是新鲜的喜悦，一切都闪着光芒，充满新奇的魅力。

这就是为什么童年就像一段长长的诗歌。诗歌的功能与所有艺术一样，就是要捕捉柏拉图所说的"理念"；换言之，就是理解一种特定的事物，感知其本质，弄清楚它与同类的共通点；这样就能以小见大，从一件小事看到一类事，将一个人的经历适用于

---

[1] 此话不太准确。人的脑容量会在七岁以前迅速增长，而在十六七岁时发育缓慢，三十至四十岁还会继续发育，只是速度会放缓，这时它才达到完全发育的状态。四十岁之后，脑容量平均每十年减少三十毫升。——编者注

一千个人。

有人可能会觉得我说的不符合事实,孩子从来不会关注偶尔摆在眼前的某样东西或某件事情,只是在这些东西或事情刺激他们时才会关注。但事实并非如此。在早年阶段,生活对我们统统是崭新的、鲜活的,一切感知都是敏锐的,没有因为言行的重复而变得迟钝。因此在所有的探索中,唯独孩子没有清晰的目标,他们只是静静地专注于抓取生活的本质——在每个单独的场景和经历里,孩子碰触了生活的基本形态,摸到了生活的轮廓。用斯宾诺莎的话说,"孩子在学习从永恒的角度看待人和事",这就是普遍准则的个别表现。

我们越年轻,就越能看清单个事物所属的类别,但是随着年纪增长,感知力会愈发迟钝。这就是为何童年时对事情的印象和老年时看到的截然不同。而且,这也是为何童年积攒的少许知识和经验为我们后来的知识打下基础,确定了固定的基调——早年知识分化成许多类别,在此基础上,经验也分门别类，虽然我们并没有清楚地意识到以及参与这个过程。

这样一来，无论是肤浅还是深刻，一个人的早年生活都为他的世界观打下了基础；虽然世界观会在随后的岁月里得以扩展或完善，但是本质不会再变了。这种世界观纯粹、客观，因而充满诗意，所以会产生这样的影响。这对童年是很必要的，也得益于意志的能量没有发展——童年时我们更关注获取纯粹知识，而不是意志的活动。因此，你可以发现孩子的眼神总是认真、专注，就像拉斐尔描绘的小天使，尤其是《西斯廷圣母》里的那些。人们总认为童年是天赐的福，回忆童年往往会让人流连忘返。

当我们急迫地投入学习各种事物时，当我们用最原始的方法理解周遭的一切时，教育的目标却是向我们灌输种种概念。然而概念并不能为我们提供关于事物的真正的、本质的认识。只有通过直觉，我们才能认识事物的本质，而这一切还仅仅是真实内容和基础。外界绝不该给我们灌输这种知识，我们只能自己

第五章 人生的各个阶段

产生这样的认识。这也只是为我们自己,而不是为了别人。

因此,人的智慧连同他的道德品质,只能从他自己的内心生根发芽,并不是外界影响的结果,哪怕是裴斯泰洛齐[1]这样的教育家也无法把一个天生的笨蛋改造成精明的人。绝不可能!生而为蠢货,死也是蠢货。

我们早年对外界的直观体验是强烈的、有深度的,这就解释了为什么我们完全沉浸在当时的环境里;没什么能让我们分心;我们看待事物时,就好像它们是绝无仅有的,又好像没有别的存在一样。后来,我们才渐渐发现世界上还有很多类似的东西,这种头脑的原始状态不复存在,连同我们的耐心也不复存在。

我曾在别处[2]说过,从客观的角度看世界,一切

---

1 裴斯泰洛齐(1746—1827),19世纪瑞士著名民主主义教育家。——译者注
2 《作为意志和表象的世界》第二卷,第三十一章。

都是客体，都披上了美好的外衣；而如果你观察其内在本质，当一切作为主体存在时，则充斥着意志，痛苦和麻烦主宰着一切。请允许我简单陈述这种状态：世界的表象光鲜亮丽，其内在本质却苦不堪言。

相应地，我们可以发现，人在童年时期更多的是认识世界的表象、外在，也就是意志的展现，而不是其内在本质，即意志本身。那时，客观的表象披着美好的外衣，而主观的一面和它恐怖的内在没有被发觉。随着我们智力的发展，童年继承了它经历的一切美好，无论是自然还是人文艺术，都有那么多充满喜悦的美好事物；表象世界太过美丽，让我们误以为内在本质也是如此。所以童年就像一个巨大的谎言，用它伊甸园般的美丽外表欺骗我们；没错，这里就是人称世外桃源的阿卡迪亚。

稍后，我们的思想状态便演变成对现实生活的渴求——我们有了承担和受苦的冲动——它将我们驱赶到尘世喧嚷中。在这里，我们认识到存在还有另外一面——内在，也就是意志，我们每走一步都受到了意志的牵绊；随后我们会迎来一段幻灭，这也是逐渐成长的过程；一旦我们走上幻灭之路，以为自己已经摆脱了所有歧途——幻想的时代将一去不复返。但这只是个开始，幻灭感只会不断加深，将魔爪伸向生活的各个角落。

因而我们可以说：在童年，生活就像我们从远处看到的剧院布景；而到了老年，布景没变，只是我们站得更近了。

最后，我还要补充一个促成童年幸福的原因。就像初春时，树上的嫩叶无论颜色、形状都如此相似；我们的生命也是如此，童年的我们彼此相似，和谐相处，而花期一到，叶子之间的差别渐渐明显，人们就像周长不同的圆，只是渐行渐远。

在我们年轻时，我是说前半生的剩余部分：青年时代——比起后半生有着莫大的优势——却因为对幸福的苦苦追求而困惑不安，苦不堪言。我们总是鲁莽地以为会与幸福不期而遇，但这种幻想往往落空，这让我们愤恨、不满。我们做梦或凭空想象将来能够幸福,这虚幻的泡影就飘浮在眼前;我们在现实中艰难地寻找,无果而终。所以,一个年轻人无论身处什么境地都不会感到满意;他会将对现实的不满单纯归咎于自己的童年,那时他本可以期待一些不同的事情;而现在,他首先体验到的并不是童年的美好,而是人生的浮华和可悲。

如果一个年轻人早年就接受教育,不再有"世界是美好的"这种想法,这是很有益的,因为世界不会给予他太多。但是教育通常只是加深了这种幻想,我们年轻时往往是靠小说而非现实来认识生活的。

生命的第一抹绚烂曙光照亮了我们的童年,我们读诗歌,想象着一片美景,急切渴望美梦成真而备受折磨。想象自己能抓住彩虹,都比幻想实现那些海市蜃楼更现实!年轻人总是期待人生像有趣的浪漫小说,这就埋下了注定失望的种子。[1]这些幻象如此有魅力,完全是因为它们本身就不真实。单纯沉浸

---

1 《作为意志和表象的世界》第二卷,第三十一章。

第五章 人生的各个阶段

在想象中时,我们的认识很纯粹,能够自给自足,免于尘世的纷扰和挣扎,而试图去将这些幻象变为现实,就是把它们变成意志的客体——这一过程总是痛苦的。[1]

如果说前半生的特点是对幸福苦苦追求而不得,那么后半生则伴随着对不幸的恐惧。因为,随着年纪增长,我们或多或少开始明白,所有的幸福本质上都是虚无缥缈的,只有痛苦才是真实的。相应地,到了晚年,我们或者说至少我们中那些更精明的人,会下定决心消除生活的痛苦以保全我们的地位,而非追求幸福快乐。顺便一提,据我观察,年轻时我们更能忍受降临在自己身上的不幸;而到了晚年,我们变得更精明,擅长避免不幸。

比方说,我年轻时听到门铃响总是欢呼雀跃:啊,肯定是什么好事!但是老了以后,同样的情形下,我就会有种不祥的预感:老天爷,救救我啊!我

---

[1] 提醒读者,如果你们对主体的意志感兴趣,可阅读本书第37节。

会想，我该怎么办呢？这种厌恶感就与所有天才看待普通人时的感受一样。正因为这点，我们不能说天才属于俗世。

结果就是，相比前半生，后半生则像乐曲的尾声，少了些激情的渴望，更多的是平静祥和。原因仅仅是，年轻时人们总是幻想这世上有很多幸福快乐在等着他们，只是很难得到；当他老了以后，会发现根本没这回事；他便不会再纠结于此，尽可能享受当下，甚至在柴米油盐中自得其乐。

我们能从生活中汲取经验，从而看清楚这个世界。这就是年长者的优势，人上了岁数，眼中的一切都不一样了。只有这时，他才发觉人生平淡无奇，接受人生本来的样子；而年轻时，他看到的只是世界的幻影，那完全是他左一个奇想、右一个念头拼凑出来的，满是偏见和错觉：世界掩藏了真面目，或扭曲了本来的样子。从生活中吸取经验，将我们从幻想中解放出来——这些错误理念，都是在年轻时进入我们脑海的。

第五章 人生的各个阶段

最佳的教育方案可以防止这些错误理念的侵入，虽然它的目标十分消极，而且不是一件易事。首先，要尽可能限制孩子的眼界，在有限范围内给他们灌输清晰、正确的理念；只有当他们完全理解这些理念的内涵之后，再慢慢扩大范围；必须小心谨慎，以免他们无法理解或一知半解。这种训练可以让孩子对人和事形成清晰明确的看法，虽然看法还很简单有限，但不须更正，只须扩展。这种方法循序渐进，适用于低龄教育。我们特别要禁止孩子读太多小说，可以让他们转向传记文学——比如富兰克林的传记或莫里茨[1]的《安东·赖泽》等。

年轻时，我们总以为生活中重要的人和事会大张旗鼓地走进我们的生活；但是到了老年，当我们回首往事，才发现它们都是悄无声息地潜入，不走正门，而是从侧门溜进来，并未引起我们的注意。

这样看来，生活就像是一幅刺绣，正面就是人

---

[1] 莫里茨（1757—1793），多面手作家，他的作品《安东·赖泽》看似是一部小说，实际却是他的自传。——编者注

的前半生，精致美好；背面则是后半生，没有正面那么好看，却能教会人一步步穿针引线。

假如一个人智力过人，甚至到了卓尔不群的地步，他也不能保证与人对话时高高在上，除非他已届不惑之年。年龄和阅历虽然永远不能取代智力，却远比智力重要。一个年长的人，即使智力稍逊，也不至于在聪明的年轻人面前哑口无言，因为年龄和阅历会弥补智力上的不足。我这种比较仅限于两个人的智慧，而不是人通过工作积累的地位。

一个人但凡有点儿智慧，只要年过四十都会不禁有些愤世嫉俗，厌恶同类。我说的有点儿智慧，指的是比绝大多数庸人多一丁点儿智慧。因为他能通过审视自己推断出他人的品格；结果就是渐生失望，因为他发现自己走到了头脑和心灵都曲高和寡的地步；所以他便因为能摆脱人类而暗自窃喜。可以说，一个人是喜好孤独还是厌恶孤独（也就是如何自处）取决于他本身是否有价值。康德在其著作《判断力

第五章 人生的各个阶段

批判》中就曾表示过对人类的憎恶。[1]

假如一个年轻人很早就熟谙世事，八面玲珑，这在道德和智力上都不是什么好现象。这说明他是一个平庸之辈。相反，如果他对周围的言行表示惊讶、震惊、不知所措，表现出笨拙和执拗，这才代表他拥有潜在的高尚品格。

我们年轻时盲目乐观、充满活力，部分是因为我们在走人生的上坡路，还看不到死亡的影子；而下山时，我们才能看到死亡的真面目。一旦越过山顶，死亡便开始进入我们的视野——之前我们还只是听说有死亡这回事。我们因此精神萎靡，意志消沉，感到活力一点点衰退。严肃认真代替了年少轻狂，你甚至可以从人们脸上看到神情的变化。只要我们还年轻，无论别人说什么，我们还是会认为生命无穷无尽，可以大肆挥霍时间；但我们年纪越大，就越知道时间宝贵，因为到了暮年，每一天就像死刑犯在等

---

[1] 《判断力批判》第一册，第二十九章。——编者注

待审判。

年轻人觉得未来很远,可一旦上了年纪回头看,短暂的过去犹如黄粱一梦;所以生命初始时就像一幅远景画,好似从倒置的望远镜中得以窥见;而到暮年,一切近在咫尺。只有上了岁数,人才会了解生命的短暂,前提是他没有英年早逝。

另一方面,随着岁月增长,一切看起来都那么无足轻重;我们年轻时,觉得生命像堡垒一般坚固稳定,现在看来,不过是一晃而过的寥寥片段,一切如梦幻雨露,眼中的世界不过是浮华泡影。

当我们年轻时,时间似乎过得很慢,以至于生命的春天不仅快乐,还十分漫长,留给我们最多回忆。一个人谈到过去,肯定会更多地跟你倾诉年轻时的往事,而不是后半生的经历。不仅如此,生命的春天就像自然的春天一样,缓慢冗长,到了一种令人乏味的程度;但是一到秋天,无论生命之秋还是自然之秋,都是短暂却舒适明快、缺少变化的。

但是为何老人回首过去,觉得人生如此短暂

呢？原因在于：人的记忆容量很小，装不下漫长的人生。人不会再死死抓住鸡毛蒜皮的事情不放，很多不愉快都被抛诸脑后，记忆空间所剩无几！因为通常而言，人的记忆力和智力一样不完美；就像学过的东西不复习就会忘记，过往的经历也是如此，若一个人不想让记忆石沉大海，那就要练习回忆。如果上了岁数，我们就不习惯想那些细枝末节，也不会为了不快的事劳心费神，只记得那些必要的事情。不重要的事会越来越多：因为一开始看似重要的事，会由于不断重复而失去重要性；以至于到了最后，我们都忘了它们发生过多少次。因此我们更容易记得早年而非晚年的事情。我们活得越长，能让我们觉得重要的事情就越少，再没什么事值得劳心费神，也没必要放进回忆；换言之，它们发生了就过去了，没人会在意。时间溜走，不留下一丝痕迹。

而且，如果发生什么不愉快的事，我们通常都不愿意反复思考它，尤其是伤害虚荣心的事情；因为降临在身上的不幸很少和我们自己毫不相干。这样一来，人们时刻准备忘记那些不愉快的事，就像抛开不重要的事一样。

正是出于以上两种原因，我们的记忆特别短暂；一个人的生活越是被占得满满当当，他能记起的事就越少。我们就像远航的水手，远去的过往就像岸边的轮廓，每分钟都变得越来越小，越来越模糊，直至无法辨认。

同样，有时我们的记忆和想象力会唤起某个久远的情境，如此生动，犹如在昨天，似乎离当下近在咫尺。原因是，我们不能同样清楚地记起中间夹杂的其他往事，就像没有一件事能让我们一下就明白到底发生了什么；而且，这中间发生的事，大多都被我们遗忘了，记忆残存的碎片只是我们对这段生活的大体认识——只是一个抽象存在的概念，而非特定经历的直观感受。正是这个原因，某件久远的事看起来就像发生在昨天——中间的片段都被我们抽离了，整个人生短得就像只有昨天、今天和明天。而且，到了老年，我们有时会不敢相信自己已走过了人生的大部分旅途,或不敢相信这漫长的人生真的发生过、存在过——这种感觉是因为"当下"在我们看来相当坚不可摧。这一切,以及其他相似的精神状态最终都证明,它们不是我们的本质,仅仅是我们存在的表象,依存于时间,而当下又是主客体世界的连接点。[1]

又回到这个话题,为什么年轻时我们觉得未来无边无际?因为我们需要放置无尽的期望。我们把未来都填满需要实现的远大目标,目标多到我们活到玛土撒拉的年纪也实现不了。

年轻时觉得未来漫长的另一个原因,是我们倾向于用已经活过的短短十几年去丈量剩下的日子。年轻时,一切都很新鲜,因此我们把这些经历看得很重

---

[1] 叔本华这里是指意志形成了一个心理现实,这为生活和一切自然现象奠定了基础,其本身并不受时间的影响;但另一方面,对于意志的客体化而言,时间很有必要,因为意志表现为世界在时间轴上的消逝。时间可以定义为变化的过程,而当下是连接现实和表象的其中一个点。——编者注

要;这些事发生过后,我们会反复思忖,时常回忆;年轻的岁月仿佛充满了意外,因此也看起来漫长许多。

有时候我们认为自己有一种对远方的渴望,而事实上,我们只是渴望曾经在那里度过的时光——那些我们曾经年轻过、充满活力的日子。这时,时间戴上了空间的面具嘲笑着我们;如果我们真回到了那个地方,便知道自己上当了。

有两种方法能够延年益寿,两者都要求我们拥有健全的体魄。就像两盏油灯,一盏灯油不多,但灯芯很细,可以燃烧很长时间;另一盏虽然灯芯粗,但有充足的灯油维持它的燃烧。这里的灯油就是指人的精力,而粗细灯芯指的是人使用精力的不同方式。

人在三十六岁之前消耗活力和能量,就好比依靠利息过日子:今天有利息可供花销,明天也有。但是过了三十六岁之后,我们的处境更像是动用本金的投资人。一开始动这些钱,我们注意不到有什么变化,因为花销的大部分会有利息来填补;所以财政赤字不明显时,我们不会留意。一旦赤字开始增加,我们开始恐慌,意识到自己处境不妙,觉得自己越来越穷,直到不敢奢望资源的流失会就此停止。我们由富至贫的速度呈指数增长——像自由落体一样下坠得越来越快,直到失去了一切。如果一个人的精力和财富都不断减少,直至消失殆尽,那他的处境真的很可悲。正是对这种不幸的恐惧,使得我们随着年龄的增长,越发渴望占有。

另一方面,生命初始时,在我们未成年甚至刚成年时,精力就像每年把一部分利息再存成本金:我们的花销从利息里支出一部分,剩下一部分留在本金里,这样本金也在不断增加。这种可持续发展的做法用在我们的精力上,可以让我们身体健康,用在财富上可以开源节流——当然需要一个理财顾问的悉心指导。年轻是多么快乐,年老是多么悲惨啊!

我们必须在年轻时就学会节省精力,不挥霍时光。亚里士多德[1]发现:年幼时在奥林匹克运动会上

---

[1] 见《政治学》。

赢得冠军的人，成年后往往不会再次夺冠；这是因为他们幼年时经过艰苦的训练，精力被过早消耗，所以成年后无法延续优异成绩。我们的肌肉如此，精神也是如此，看看人们在智力上的成就就知道了。那些神童往往小时了了，大未必佳，因为他们都是在温室结出的果子。强迫孩子钻研古老的文字，他们长大后就会变得愚钝，缺乏博学之人的判断力。

我曾经说过，几乎每个人的性格都和其特定的人生阶段相当契合，所以到了某个特定阶段会表现出最佳状态。有些人只有年轻时才有魅力，之后便不再吸引人；有些人壮年时很活跃，精力充沛，上了岁数就失去了以往的价值；还有些人，只有老之将至，才显示出性格的优势，他们和蔼可亲，洞察世事，面对生活从容不迫，很多法国人就是如此。

这种现象是由于人的性格本身就有着某种特质，或者像青年、成年乃至老年——总之就是符合某个特定人生阶段的气质，或者对性格缺点起到了修正的作用。

航海家只能通过观察岸上的物体渐渐变小、消失,才能判断船开了多远。同样,人只有看到比他年纪轻的人一天天长大,才能感受到自己的衰老。

前面已经说过,一个人年纪越大,所作所为、所见所感在他脑海里留下的痕迹就越少,原因我已经解释过了。所以我们可以说,人们只是在年轻时以完全状态的感知去生活,而到了老年,这种感知只剩下一半了。随着年岁增长,人对于周遭的人和事的感知逐渐减弱,生活中的事件匆匆而过,没给我们留下什么印象,就像看了一千遍的艺术作品,对我们没有任何视觉刺激。人们忙忙碌碌,忙完了也不知道自己究竟做了些什么。

当对生活的具体感知越来越薄弱,它离一切感知的消失就越来越近,时间本身加速地前进。小时候,生活中一切事物和场景都那样新鲜;足以唤起我们存在的全部感知:因此在那个年纪,日子十分漫长。我们旅行时也是如此:出门一个月比在家四个月还要漫长。然而,虽然我们在小时候或出远门时,时间看起来要漫长得多,但是新鲜感并没有让我们本就漫长的时间变得更长或更难熬，不像我们老了以后或待在家里那么无聊。年老或待在家里会让我们变得迟钝，因为长时间面对同样的场景和事物，眼前的一切越来越不能激起我们心中的波澜；这样就让时间显得无足轻重，结果就是时间变短了：孩子玩一个小时，要比老年人睡一天要漫长得多。相应地，我们活得越久，时间就过得越快，就像一只滚下山丘的皮球，一直在加速。再举个例子：圆盘上的一个点离圆心越远，转的速度就越快，生命的齿轮也是如此；你站得离起点越远，时间就越快。因此，我们对时间快慢的感受，可以用以下公式计算：某一年的长短，取决于这一年所占目前年龄的百分比。比如一个人五岁时，一年占了他整个生命的五分之一，因此这一年显得特别长，而到五十岁时，一年只占了他生命的五十分之一，因此就显得短了许多。

　　时间流速的变化，对我们每个阶段的存在本质有决定性的影响。首先，它让仅有十五年的童年看起来最为漫长，这个阶段勾起我们回忆的往事也最多。

其次，人年纪越轻就越容易感到无聊。比方说，总是要忙活点儿什么——无论是工作还是玩耍——孩子更是如此：一旦他们写完作业或做完游戏，心里就会冒出一种难熬的无聊感。到了青年，我们也依然没有摆脱这种倾向，如果手头没事做，就会特别恐惧；到了成年，无聊感逐渐消退；而到了老年，人会觉得时光飞逝如箭。当然，你得好好理解我的话，我说的是人，不是老了的牲口。时间流逝得越来越快，无聊感随着年龄的增长而消失，激情也同样沉寂了，同样沉睡的还有伴随着激情的痛苦。总的来说，晚年的生活负担明显要比年轻时少，当然，前提是身体还硬朗。因此，人们把这段日子——尚未衰弱、染病的四十岁前后——称为人生最好的时光。

那段日子能给人带来舒适体验，的确可以称为最好的岁月；但年轻也有年轻的好，那时我们的意识很活跃，对很多事物敞开心扉——认识世界的种子撒在我们的心里，生根发芽；这是头脑的春天，播种思想的季节。我们能感知到很多深刻的真理，但无法拥有完满的认识——就是说，我们对事物的认识只停留在当下的印象、直观的感受。事物给我们的印象必须生动、强烈而深刻，才能让我们产生初步认识；我们能否对这些深刻的真理产生初步认识，取决于我们能否利用好早年的时光。而到了晚年，我们如果能对他人和世界产生影响，那说明我们的修身之路已经完成；我们不再被新鲜事物所吸引，但那时候世界对我们的影响也小了。这才是做实事、重积累的年纪，而青年是形成基本概念的时期，它为深刻思考打下了基础。

年轻时，我们只看见事物的表象；而到了老年，则更倾向于思考和反省。所以，年轻时适合创作诗歌，而老年才是哲学思考的最佳阶段。在生活中更是如此：一个人年轻时所做的决定，一般是因为表象世界给他造成的某种印象；老了以后，他的行为却是由其思想决定的。部分原因是，只有老了以后，对表象世界积累了足够的观察，才会把这些表象背后的思想归类整理——这个过程让人剥开表象，看到本质，也因此赋予了这些表象实际价值。人由于看透了本质，思想更加坚定，不易受外界的影响；而与此同时，人对大千世界的种种越来越不觉得新奇，这使得不同现象对他的影响大大减少。相比而言，年轻时表象世界给人的印象太过强烈，尤其是对那些想象力丰富的人，以至于让人有种活在画卷中的感觉；这样人就会特别关注自己在画里的形象、扮演的角色，有种"不识庐山真面目，只缘身在此山中"的意味。从他们的精神状态就可以看出来，年轻人都很虚荣，都讲究穿着，以显示自己的与众不同。

毫无疑问，年轻时人的学习能力最强，续航时间长，最晚到三十五岁达到巅峰；过了这个年纪，人的精力便开始衰弱，虽然这是个渐变的过程。但在之后的岁月里，甚至是老年时，人也不是完全不学习。只有到那时，你才能说人有丰富的阅历、广博的知识；到那时，他才有时间和机会去全方位观察和思考生活；到那时，他才有能力对不同事物进行比较，发现其中的联系；到那时，他才会大彻大悟，明白事物之间真正的联系。而且，年轻时对事物的了解，只有到了老年时才有更深刻的认识；到那时，人便积攒了很多实例来证明他的观点。年轻时本以为看透的事，到老年才能认识到它的本质。并且，人的知识面也扩大了；无论往什么方向扩展，都会更加透彻，不同的知识形成连贯统一的整体；而年轻时头脑中的知识总是零散的，因而有缺陷。

人没活到老，就不会得到关于人生的完整概念；因为只有老年人才会完整看待人生，通晓人生的自然过程；年轻人只知道入世，而老年人不仅知道入世，还知道出世；所以只有老年人才明白，人生的本质是虚无；而其他人则会不停劳碌，执迷不悟地认为一切都会有个圆满的结果。

另一方面，年轻人更富有想象力，人在那个年纪，会把知道的一点想象成很多；而到了老年，人的判断力、洞察力更强，看事情更透彻。年轻时，人会积攒素材，把世界打造得焕然一新，比如那些天才给人类留下的遗产；而只有积累到一定程度，到了老年时，他才会成为利用这些素材的巨匠。相应地，你会发现，一个伟大作家往往年过半百，才会为世界献上最优秀的作品。不过，虽说知识之树只有开花结果前才会长到最高，但是它的根基是在幼年时长得最快。

每一代人，无论多么没有可取之处，都会沾沾自喜，认为自己比上一代人强，比更早的几代就更强了。人一生的不同时期也是如此，而且人们往往会觉得过去不值一提，这其实是错误的看法。在我们身体逐渐成长的年岁里，我们的思考能力日益增强，知识储备逐渐丰富，养成了这样的习惯——看重今天，轻视昨天。这一习惯根深蒂固，以至于当我们的学习能力不复以往，需要仰仗昨日的成绩时，心里依然会这样想。所以我们常常过分轻视年轻时的成就，鄙夷那时的判断。的确，我们通常很容易得出这样的结论，尽管人的基本素质，比如头脑智力与其个性品质一样都是天生的，但前者并不像后者那样一成不变。事实上，智力受制于各种因素的变化，而变化总会出现；一部分原因是人的智力取决于生理状况，另一部分原因是头脑要靠经历来处理信息。从身体角度讲,人的某项特殊才能都是一点点积累,达到巅峰后就开始走下坡路,直到天才变得愚钝;但另一方面,我们不能忽视智力的发展必定需要足够的材料,只有材料充足,才能保持头脑活跃,无论这些材料是思考、认知和经历的主观对象,还是学习到的知识和看透本质的实践。这样一来,头脑中的景象积聚在一起,不断扩大,直到某一天我们的学习能力开始下降,头脑变得愚钝为止。人的头脑是由两股不同的作用力决定的,精神不可避免地呈现"∩"形走向,而人作为主体,却可以主动去学习,主观性是能够改变的——这就解释了不同人生阶段由于精神状态不同,价值也不一样。

同理,更宽泛地说,人生的文章,前四十年是在润色正文,后三十年是在补充注释;没有注释,我们无法正确理解文章的真正含义,因为正文都是只言片语,没有连贯性,我们也不了解其中暗含的道德训诫和微妙的细节。

第五章 人生的各个阶段

到了生命的尾声,就像假面舞会的结束——我们纷纷摘下面具,那时,曾经在你人生轨迹上留下痕迹的人终于露出了真面目。人生结束时,我们的真实性格才会暴露出来,我们的行动有了结果,我们的成就有了公正的评价,所有伪装都化为灰烬,而这一切的实现都需要时间。

但奇怪的是,只有到了大限将至,人才能真正认识并理解自己——不管是他曾经追求的目标、理想,还是他与周围人的关系、他在世界上所处的位置。通常而言,人能认识到这一点时,往往把自己放在了较低的位置,而他曾以为自己应该被众人仰望。但是也有例外,有时人的位置可能比他设想中更高。这是因为他本身就是高尚的人,对世俗的卑劣没有概念,因而他对自己的要求往往很高,比芸芸众生的目标高得多。

高尚的人步步高升,而卑贱的人每况愈下。人生是起还是落,彰显了人的本质。

我们习惯把青年叫作"快乐的年纪",老年则是

"悲惨的阶段"。情欲要是能使人快乐,这句话才算属实,可惜现实并非如此。年轻人容易受到情欲的摆布,情欲多半让人痛苦,而不会让人快乐;到了老年,情欲冷却,人才得以平静。年轻时人的头脑处于沉睡状态;老年时,思想得到解放,最终占了上风。正因为思想不像情欲给人带来痛苦,所以人只有到了老年,思想占领高地,痛苦才得以解脱。

我们必须记住:所有的快乐都是否定的,而痛苦的本质却是肯定的,这样我们就能明白,情欲永远不可能成为快乐之源,所以我们应该羡慕老年,因为那时很多情欲都衰减、消失了。任何一种快乐不过都是对某种需求和欲望的满足;如果压根儿就没了需求和欲望,快乐也就走到了尽头,这就好比一个人酒足饭饱后,不需要再去饮食;又如一夜好梦后不需要更多睡眠,这没什么好抱怨的。

年轻并不是最快乐的日子,老年才是天赐的奖赏,就像柏拉图在《理想国》开篇所述,只有人到耄耋,才真正从动物本能和性欲中解放出来,在此之前,那些欲望从未停止对人的骚扰,更别说情欲会让人心情跌宕起伏,爆发的情绪甚至能让人疯狂;只要人被冲动迷了魂,这种状态就会持续下去——好像无法摆脱冲动这个魔鬼——除非有一天情欲泯灭,人才能恢复理智。

毫无疑问,除去个别情况或个别性情古怪的人,年轻总是带着一抹忧郁悲伤的色彩,老年却是平静自足的。原因无非是年轻人被冲动的魔鬼所奴役,他们几乎没有一刻属于自己。所有已经降临或正在威胁人们的不幸遭遇,几乎无一例外是冲动的直接或间接结果。老年人可以平静快乐,是因为挣脱了情欲的长期束缚,终于可以来去自如。

然而我们不能忘记,当情欲消失殆尽时,生命的内核也所剩无几,人到了老年只剩下一副躯壳;从另一个角度说,生命就像一出喜剧,由真人演员拉开序幕,而由穿着衣服的机器人谢幕鞠躬。

无论如何,青年都是躁动不安的年纪,而老年是尘埃落定的年纪;从这个角度讲,人在不同年纪享受到的快乐是不同的。小孩子伸出娇嫩的小手,渴求地抓取眼前看到的一切漂亮东西,他们被世界深深吸引了,因为所有的感知都是初生的、新鲜的。年轻人也会尽力寻找一切漂亮东西,因为他对这些东西着魔,因为他周围的事物琳琅满目;他的想象力会立刻勾勒出一幅快乐的图景,而要知道,世界永远不可能变成那样。因此,他对未知和不确定充满了热切向往和渴望——这夺去了他的安宁,让他不能幸福。但是到了老年,一切都会平息,部分原因是热血冷却,没有那么容易受到诱惑;另一个原因是,有了一定阅历人才知道事物真正的价值,也知道快乐的无用——幻想被驱散,奇想偏见也已消失,被隐藏和扭曲的世界露出了真实面貌;因此,人在最后才对事物有了清晰的看法、公正的评价,而且一定程度上看透了世间万物的本质——虚无。

正是这一点赋予了老年人智慧的色彩。不管再怎么平庸,他们都比年轻人智高一筹。这种变化的好处就是接踵而至的心灵平静——这是幸福的重要组成部分，也可以说是幸福的本质或前提。当年轻人幻想着只要努力就会有回报，世界上有一大堆好事等着他时，老人们却坚信《传道书》上的话："万有皆虚无。"正所谓"金玉在外，败絮其中"。

只有人到晚年，才能真正领悟贺拉斯的真意：莫以物喜，莫以己悲。人只有到这时，才会直接、坚定地确信事物的虚无本质，顿悟浮华世界如梦如幻：只有老年才会迎来真正的幻灭。他不再会为了某个幻想而困扰，觉得哪里能得到特殊的快乐，无论是身居庙堂还是委身茅屋，本质都是一样——真正的幸福无非是摆脱了肉体和精神的痛苦。世人对伟大和渺小的定义、高低贵贱的区分，对老者没有任何意义；在这种笑看浮华的心境下，老者只会对世人锱铢必较的错误一笑而过。他不会被表面的浮华蒙蔽双眼，深知无论用怎样浮夸的灯具装点人生，光鲜耀眼的背后总会透出琐碎与微渺的本质；无论你在人生画布上涂了什么颜色，镶了多么闪耀的钻石，其本质都不会改变——它就是这样一种存在，除了免于痛苦的自由别无其他价值，不能被享乐的多少所衡量，更别说炫耀这样的虚荣了。[1]

幻灭是老年的一大特点。虚构的东西在年轻时赐予生活魅力，刺激大脑活动，到了老年却消失了；人们最后发现，世界的壮美华丽无非是过眼云烟；令人惊叹的景象最后都褪去了颜色。人们那时才发觉，在他们渴望的东西、追求的享乐背后，并没有什么价值和意义；因此，人们渐渐明白，我们的存在都是虚无空洞的。人只有到年过七旬才能对《传道书》中的那段话产生深刻的理解；这同时也解释了，为什么人一旦上了岁数，就会变得焦躁、抑郁。

人们常说老年大多被疾病和厌烦所缠绕。疾病对老年人来说是必然的，那些高寿的人更容易染上各种疾病；随着年龄增长，身体日趋衰弱，疾病、紊乱和身体异常逐渐增多。而谈到生活的厌倦与无聊，我在前面已经说过，比起年轻人，老年人更不易受这

---

1 《书信集》第一部。

种不良情绪的侵害。人到老年,肯定会感到孤独,但这种孤独不一定会伴随着无聊,原因自不必多说;只有那些只知从社交里获取乐趣的人,到了老年时才会感到无聊——这些人的大脑没有得到任何知识的启发,能力也和脑子一样生了锈。的确,老年的思考能力会下降,但是如果他从前就善于思考,年老时也不至于空无一物,无法抵抗无聊的侵袭。而且,就像我曾说过的,老年人有着丰富的阅历、知识,积攒了足够的反思,也对为人处世有着独到的见解,所以洞察世事,满腹学问;他的判断力愈加敏锐,对人生有了系统的、前后一致的看法:他的心胸宽阔了很多。老年人会不断地找机会利用他的见识,增加见识,这样就养成了一个不断自我教育的习惯,头脑里不至于空空荡荡,精神也是满足的,一切努力都没有白费。

这些,或多或少都弥补了老年人思考力的下降。而且,就像前面说的那样,人上了岁数,时间也变得越来越快;这本身就能避免无聊。人老体衰,没什么大不了的,除非他还指着体力谋生。到了老年,贫穷才是巨大的不幸。如果吃穿有所保障，身子骨还硬朗，那么老年生活还算过得去。老年生活的主要需求就是过得舒心、吃穿不愁；所以人上了年纪就格外吝啬，因为金钱已成了日薄西山的精力的替代品。人老了，被爱神维纳斯抛弃，转而向酒神巴克斯寻求快乐。年轻人喜欢睁大双眼饱览新生事物，去旅行、学习，而老年人更渴望表达自己，教育他人。如果哪个老年人还保持对学习的热忱，无论是热衷音乐还是戏剧，那真是莫大的福气了；因为那说明他对周遭还很敏感，确实有些人到了老年还是如此。人到老年，自身的修养才显现出更大的优势，这是年轻时没有的优势。

不可否认，大多数人年轻时都迟钝、愚蠢，一到老年就变得更像个机器人。他们的所思所言所为都是人云亦云，没什么事能改变他们的性情和行为。和这样的老年人对话，就像在沙地上写字——你要是想给他们留下什么印象，那就会像沙地上的字，风一吹就消失了；这样的人到老年依然什么都不是，不过是生活的渣滓——人性所有必备的东西，在他身上全然不见。在有些时候,老年人会第三次长出牙齿,这证明老年就是人生的第二春。不过很遗憾,人老了,各方面机能都日渐衰弱,而且只会衰弱得越来越快:但这不仅是必要的,还有一定好处,因为人们会对死亡有所准备,死亡也没那么难以接受了。而且人活到了足够岁数就会寿终正寝——这是一种喜丧,不是因病而亡,所以也少了疼痛和折磨。[1] 一个人长命百岁,没有大灾大难,就不会意识到有一天他也会死,他只会看到现在,看不到作为整体的当下;而到了老年,人就越来越容易彻底遗忘很多事情,刚发生过的事也会迅速遗忘。

年轻和老年的主要区别在于:年轻时人们展望未来,老了却要面对死亡;年轻人只有短暂的过去,面前是漫无边际的未来;老年则不然。无论是谁,老了都只能面对死亡,这千真万确;而当一个人年轻时,他只是想着如何生活。那么问题来了,是眼前的

---

[1] 见《作为意志和表象的世界》第二卷第四十一章,指无痛苦的死亡。

建议与箴言

生活更危险,还是身后的经历更危险?听听《传道书》的箴言吧:"死亡要比出生好。"[1] 若是一心想着长寿,那就太鲁莽了,那意味着要遭遇很多试探[2],就

---

[1] 《旧约·传道书》。

[2] 严格说来,人的一生不能用长短来衡量,因为这个时间是与其他事物比较来的、人为的判断标准。

在古印度吠陀教义的《奥义书》里,按照自然规律,人的寿命只能达到一百岁。我同意这种说法,据我观察,事实上只有活过九十岁的人,才能达到无痛苦的自然死亡——不是因为疾病、中风或癫痫而死,死时没有任何痛苦;甚至面色都不曾苍白,还有坐着死去的,一般都是在用餐过后;或许可以说,他们只是睡着了而不是死了。而九十岁之前的死亡都可说是因病早夭。
而如今,《旧约·诗篇》中认为人的大限是七十岁,最多也只有八十岁,古希腊历史学家希罗多德也有过类似的言论。但这是错的,归根结底都只是日常生活肤浅粗略的估计,并非事实。因为如果人的大限是七十到八十岁,那时人自然可以无痛苦地自然死亡;但是事实却远非如此,七八十岁的人和更早过世的人一样,往往都是因病而死;而疾病造成的死亡并不算自然死亡。因此,这个岁数的死亡都不算正常。只有人活到了九十甚至一百,像睡去了一样地安然长逝;我是说没有疾病折磨或身体异常,无论是临终哀鸣或挣扎,还是惊厥抽搐、面色惨白——在这些都没有的情况下,人的死亡才能称为安乐死。所以说,人活到一百岁才能叫作寿终正寝,《奥义书》认为人的大限是一百岁,这才是正确的。

如西班牙谚语所说:"活得越久,迫害就越多。"

通过观察星象,你无法预测某个人一生的起伏,占星术的预言不过是编造的谎言;但是人类生命的总体过程,还有其每个阶段的特点,却和行星的交替运行息息相关:人生的不同阶段似乎依次受制于不同的行星。

十岁的时候,水星上升,那个年纪的我们如同水星,在狭小的绕日轨道上飞速运行,琐碎之事对我们影响很大;但就在这样能言善辩、诡计多端的神明的指引下,我们学到了很多东西,有了很大进步。而到了二十岁,金星维纳斯开始对我们产生影响,那时男人们都拜倒在女性的石榴裙下。到了三十岁,火星恰好运行到了我们的轨道上,赐予我们炙热的能量和力气——我们身上都是胆大好斗、自负傲慢的标记。

而到了四十岁,人就受制于四颗小行星的摆布;也就是说,他的人生变得更宽广了。在谷神星的帮助下,他变得节俭,知道做什么是有用的,避免做无用功；托灶神星的福，他有了安居之所；智神星帕拉斯教会他生活的必需知识；婚神星朱诺作为他的妻子，帮他主持内务。

一旦到了五十岁，木星朱庇特对人有了主导作用。那时，很多同辈都去世了，但他的精力仍然很充沛，积累了丰富的阅历和知识，这会让他产生一种优越感；如果他还获得了权力和地位，那他就成了发号施令的权威人士。他终于不用再听命于他人，可以展示权威了。而那时，他最适合在他自己的领域里指导、统领众人去干些实事。这时，木星运行到了最高点，这也就是人们常说"五十岁是盛年"的原因。

而六十岁则轮到土星主导，伴随着铅一样的沉重，人也变得迟钝、缓慢：

> 但是人上了年纪，活着同死了毫无分别；
> 笨拙、缓慢、沉重、苍白，像铅块一样。[1]

---

1 《罗密欧与朱丽叶》第四幕第五场。——编者注

第五章　人生的各个阶段

而乌拉诺斯掌管的天王星则象征着一个人驾鹤西去。

我找不到海王星掌控的是哪个年纪，海王星这名字本身取得就欠考虑，我还是喜欢叫它性欲之神厄洛斯。不然，我就应该告诉你生命的初始和终末如何相遇，性欲是如何与死亡紧密相连：埃及人把死神叫作俄耳枯斯或阿门特斯。不管它叫什么，你都不可否认，它不仅是万物的接受者，更是给予者。死亡是生命的巨大源泉。世间万物皆来自俄耳枯斯，没有死亡，就不会有此刻活着的一切。像魔术一样，我们如果弄清了其中奥妙，一切自然会真相大白！